戦国小町《せんごくこまち》苦労譚《くろうたん》

十三、第二次東国征伐

夾竹桃

イラスト
平沢下戸

綾小路静子（あやのこうじしずこ）

戦国時代へタイムスリップしてしまった元農業高校生（現在20代半ば）。信長に振り回されながらも成果を残し、信長にとって唯一無二の存在に。農作業が癒しだが、偉くなりすぎて士を触れないのが悩み。

織田上総介平朝臣信長
（おだかずさのすけたいらのあそんのぶなが）

尾張国の戦国大名。本作では40代半ば。美濃と伊勢を平定後、信長包囲網に苦戦するも、三方ヶ原の戦いで武田軍に勝利。本願寺も抑え込み、勢いは増すばかり。

濃姫

信長の正室。斎藤秀龍（道三）の娘。好奇心旺盛かつ聡明で、信長もタジタジ。

織田信忠（おだのぶただ）

織田信長の嫡男。幼名は奇妙丸。静子の革新的かつ合理的な考えを吸収し、信長の後継者として成長。

森可成（もりよしなり）

信長が最も厚く信頼する武将。「攻めの三左」という異名をもつ槍の名手だが、宇佐山城で負傷する。

家臣団

前田慶次利益

前田利久の養子。紆余曲折あり、静子の馬廻衆として信長が派遣した。

可児才蔵吉長

慶次同様、いろいろあって派遣された。

森長可（勝蔵）

森可成の次男。荒くれ者として手に負えず、静子のもとへ派遣される。

彩（あや）

静子に仕える小間使いの少女。10代後半。とても冷静な物腰で静子の世話を焼く。

おっさんず

五郎

京生まれの見習い料理人だったが、紆余曲折経て濃姫の専属料理人として雇われる。

みつお

タイムスリップ後、足満と行動をともにしていた元畜産系会社員。

足満

タイムスリップする前に、静子宅で暮らしていたこともある。過去の記憶はほとんどない。実はやんごとなきお方。

静子の養子

四六（しろく）

虐げられて育てられた信長の双子の兄。静子の元へ養子に出される。

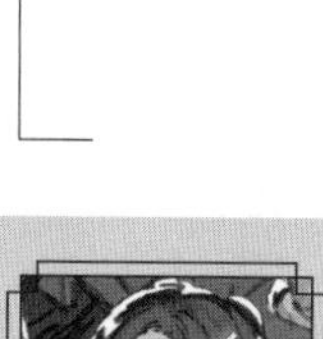

器（うつわ）

双子の妹。14歳くらい。

あらすじ

歴史オタクな農業ＪＫ・綾小路静子は、ある日戦国時代へタイムスリップしてしまう。

突然目の前に現れた憧れの武将・織田信長を相手に緊張しつつも、自分が〈役に立つ人物〉であることをアピールした結果、静子は鄙びた村の村長に任命される。現代知識と農業知識を活用させ、静子村は数年で超発展を遂げる。

能力を買われた結果、異色の馬廻衆（慶次、才蔵、長可）を率いつつ戸籍を作ったり、武器の生産に着手したりしているうちに織田家の重鎮にまで登り詰めてしまった静子。

織田包囲網が激化してからは静子軍を結成しゲリラ戦を展開させたり、新兵器で敵を翻弄させる一方で、グルメ研究や動物の飼育、女衆の世話に追われていた。

そしてついに迎えた三方ヶ原の戦い。彼女はそこで歴史を塗り変えてしまう。

静子の知略に完敗を喫し切腹という形で人生を終わらせた武田信玄と、危機をうまく回避した上杉謙信……史実から分岐して以降、圧倒的有利な状況で東国征伐の準備が着々と進む中、静子が何より大切にしている家族、狼のヴィットマンとバルティが老衰のため息を引き取る。意気消沈の静子だったが――

戦国小町苦労譚　十三

第二次東国征伐・目次

天正三年　哀惜の刻

天正四年　隔世の感

天正三年　哀惜の刻

千五百七十六年　六月上旬　三

ヴィットマンとバルティニ頭の訃報は信長《のぶなが》の許へもすぐに届けられた。

報告を聞き終えた信長は一言だけ呟くと、その日の予定を全て中止にするよう指示を出し、誰であろうと取り次ぐなと厳命して自室へと戻っていった。

「そうか、逝ったか」

物事を予定通りに進めたがる信長にしては異例の職務放棄だが、とてもそれを指摘できるような雰囲気ではなかった。

信長が纏う空気が突如として研ぎ澄まされた刃のように鋭くなり、下手なことを口にしようものなら切り捨てられることが予想できてしまったためだ。

その証拠に信長が立ち去った後も、残された小姓たちは動けず固まったままとなり、元通りに動けるようになるのにかなりの時間を要した。


「今日は随分とお早いお戻りですこと」

信長が自室に繋がる襖を開け放つと、そこにはここに居るはずのない人物が座していた。緋毛氈《ひもうせん》の上に優雅に座し、朱塗りの銚子《ちょうし》から盃へと酒を注いでいるのは、誰あろう信長の正室である濃《のう》姫であった。

信長は本来尾張《おわり》に居るはずの濃姫が、安土《あづち》にある屋敷の自室に居ることを不審に思いはしたが、彼女が神出鬼没なのはいつものことと早々に追及を諦めた。

信長は不機嫌さを隠そうともせず、濃姫の差し出した盃を受け取ると一息に飲み干した。

「これはこれは殿らしからぬ飲みっぷり。何か良いことでもございましたか？」

「全て承知の上で来ておるくせに、わざとらしいわ！」

信長は濃姫から乱暴に銚子を奪うと、盃へなみなみと酒を注いで濃姫に突き付けた。濃姫はニコリと微笑むと、盃を受け取って同じように一息に飲み干してみせた。

「それで、貴様は静子《しずこ》についていているのではなかったのか？」

「ほほっ。己のことで手一杯の折に、目上の者が居ては満足に嘆きもできませぬ。幸い静子を支えるものには当てがありますゆえ、言伝《ことづて》を残してこちらへと参り、妾《わらわ》にしかできぬことをしようかと」

「……なんと伝えた」

心の機微《きび》を巧に操る濃姫が託した言葉とは何なのかが気になった信長が訊ねる。

「暫《しば》し己のことのみを気にかけよ。後のことは妾がよしなに取り計らうゆえ、ゆっくりと休むようにと。礼は前《さき》の『ちょこれーとけえき』で構わぬとも」

「ふ……。あ奴が気に病まぬよう、具体的な礼まで要求するとはな。貴様も随分と静子には甘いようだ」

「殿ほどではございませんよ。それに二心なくあれほど献身を尽くしてくれる臣など他におりましょうや？」

「確かにな。ならば静子は其方《そなた》に任せよう。わしはわしでやることができた」

「おやおや、それでは妾がお願いに参った意味がございません。殿方には判らぬ女子《おなご》の我が儘も聞いてはいただけませぬか？」

「ふん！　どうせわしには女心など判りはせぬ。好きに申してみよ」

コロコロと笑いながら濃姫が声を掛け、それを受けた信長は渋面で立ち上がりかけた動作をやめて、どっかと座りなおした。

無言で信長が差し出した盃に、濃姫は銚子から酒を注ぎながら静子のため、信長に骨を折って欲しいことを伝える。

信長は口を挟まずに全てを聞き終えると、盃の酒をまた一息に呷《あお》ってみせた。

「なんとも迂遠《うえん》なことだ。だが其方が言うのならそれが静子のためになるのだろう、好きにせよ。わしは国人として為さねばならぬことを為すまで」

それだけを言い終えると、信長は席を立ち部屋から出て行ってしまった。急に人気《ひとけ》がなくなった室内で、濃姫はぽつりと呟いた。

「不器用なお人」

ヴィットマンとバルティが静子の許を去った夜が明け、静子は予定通りに山へと通じる全ての道を閉鎖した。

山は古来、神と同一視されることから人の理《ことわり》が通じぬ地であり、年老いた獣はその身を若い獣に託すことで命が紡がれていく。

それは悠久の昔から繰り返された自然の営みであり掟であった。それを覆《くつがえ》すことはできないが、せめてその姿を衆目に晒したくないというのが彼らの家族である静子の願いであった。

静子が閉山期間を一年と定めたのも、それだけの時間があれば彼らの骸《むくろ》は白骨化すると予測し、それを回収して弔《とむら》うつもりだったのだ。

「……冗談はやめてよ」

「心中お察しいたしますが、これは冗談ではありません」

静子は封書の内容を全て読み終えると、肩を落としながら言葉を漏らした。静子に請《こ》われて一緒に内容を検《あらた》めていた彩《あや》も、困惑顔で静子の声に応じる。

静子が冗談かと疑ったのも無理はない。静子が手にしているのは詔書《しょうしょ》と呼ばれる帝の命令を伝える公文書だからだ。

中身は静子が禁足令を発した山を神体山《しんたいさん》（神が宿るとされる山）に定めるというものだった。

「詔書って作成手順が複雑な上に、帝はもとより公卿《くぎょう》全員の承認が必要となるんじゃなかったかな？　一朝一夕に用意できる代物じゃないよね……いつから決まっていたんだろう？」

詔書とは読んで字のごとく、詔《みことのり》（天皇の命令）を伝える書である。つまり国家の大事に際して発布される重要書類であり、格式や手順が重んじられる即位や改元の折など儀礼的な際に用いられる。

静子が己の我が儘で始めたことに対して発布されてはならないものだった。

近代日本史に於いて最も有名な詔書が昭和天皇の出された「大東亜戦争終結ノ詔書」であり、いわゆる玉音放送の原稿となったものだ。

現代に於いても国会の召集や衆議院解散、総選挙の施行の公示などに際して発行されていると知れば、その重要性は理解できるであろう。

「喪《も》が明けた一年後に建立《こんりゅう》予定の社《やしろ》についても、四天王寺《してんのうじ》より金剛《こんごう》組が派遣される手筈とのことです。他にも名立たる番匠《ばんじょう》（現代で言う宮大工）が名乗りを上げているそうです。また石工として有名な穴太衆《あのうしゅう》からは、いつでも参ずる用意があると……」

「待って、待って！　何だかどんどん大事になってないかな？　私はこぢんまりとした社を建てて、あの子たちを祀《まつ》ろうとしただけなんだけど……」

静子の言葉に彩は重いため息を吐いた。静子の自己評価が低いというのは重々知っているつもりだったが、こうして目の当たりにするとまた別の想いが浮かんでしまう。

静子はどれほどの大事を成そうとも、いつでも代替の利く一個人に過ぎないという意識が根底にある。だが、他の者から見れば静子の代役が務まる人物など居るはずがない。

つまり静子の動向は常に有力者の耳目を惹き付けることになる。そんな静子が全ての公職を離れ、一個人として長い休暇を取るなどという情報を摑めばどうなるか？

宿敵と目された本願寺《ほんがんじ》との決着がついた矢先の出来事だけに、邪推する者は少なくなかった。そこに来て信長が、自分の名で静子のために番匠を募ったがために今回の騒動へと発展した。

「帝や朝廷のご意向については判りかねますが、番匠については予想がつきます」

「え!?　どういうこと？」

「静子様、貴女《あなた》が今まで為さってきた恩が返ってきているのです」

「うーん、恨まれる覚えは割とあるけど、恩返しされるようなことってそんなにないような……」

処置のしようがないとばかりに彩は頭を振った。その様子を見ても静子は首を傾げるばかりなので、敢えて口にすることにした。

「自覚がないというのも問題ですね。静子様にとっては、当たり前のことかも知れませんが、この乱世に於いて他所《よそ》にまで援助をするということがどれほど稀有《けう》なことかご理解下さい。貴女は技術の保護や継承を目的として手を差し伸べられたのでしょうが、身体を悪くした番匠を引き受けたり資金援助を申し出たりするというのは誰もが成し得なかったことなのです。身を切るような思いで仲間を見捨てなければならなかった彼らが、安心して仕事に励めるようになった御恩を返そうとするのは不思議ではありません」

「あー。大工仕事に事故は付きものだし、それに対する保障がないのは使用者側の怠慢だと思うんだけどね。私に恩義を感じてくれるなら、それを他の人に回してあげて欲しいな。確か恩送《おんおく》りって言うんだよね？　ただ、そういうことなら無下にする訳にもいかないから、今回は甘えさせて貰おうかな」

「それが良いと思います。仏の教えに『懸情流水《けんじょうりゅうすい》　受恩刻石《じゅおんこくせき》』（情けを懸けたことは水に流し、受けた恩は石に刻んで忘れないの意）というものがあるそうです。静子様が水に流された情けが、巡り巡って戻ってきたと思い、彼らの恩返しを受けて差し上げて下さい」

「恩返しを受けて当然って考えるようになるのが怖いんだけど、今回は正直助かるかな。流石《さすが》に歴史ある社を建立する技術は、私達じゃ持ち得ないからね」

「これも天の配剤なのでしょう。静子様に苦難が訪れれば、その助けとなる申し出があるのですから。貴女が今までに他人に施されてきた功徳を、天は見ておられるのかも知れません。もし貴女が間違った道に進もうとされるなら、それを正すのは臣下の務めです」

「……ありがとう」

いつになく想いを込めて語る彩を前に、静子はくすぐったさを覚えつつも感謝を告げた。

大きく深呼吸をした静子は、頭を振って混乱を落ち着かせる。

詔書の件については、朝廷が善意だけで動くはずもないため、何らかの下心があってのことだろう。それでも一度発布された詔が取り消されることはあり得ない。

起こってしまったものは仕方ないとして、それによる影響を制御するのが為政者の務めだと静子は考えた。

生活の一部を山に依存している民が不利益を被らないよう、上手く立ち回らねばならないが、前例のないことだけに困難が予想される。

「正直なところ、神体山となることでどんな影響が出るかは予測がつかない。ただ、良きにつけ悪しきにつけ、混乱に乗じて悪事を働こうとする者は出るから、いつも以上に注意しないとね」

「はい、承知しました。我々の手に余るようであれば、上様のお力も借りられるよう準備をしておきます」

「取り越し苦労であれば、それに越したことはないんだけどね。それにこの世にある悲劇って、悪意から起こったものより善意から生じたそれの方が多いんだよね。ヴィットマンとバルティの喪に服す時間くらい放っておいて欲しかったなあ……」

「静子様は今まで地位にも財産にも名誉にも興味を示されませんでしたから、初めて目にした隙に舞い上がっているのでしょう。そのような慮外者《りよがい》には、目にものを見せてやりませんと」

「いやあ、進んで敵対はしなくて良いよ。ただ注意だけは払いましょう」

「はい、では失礼します」

ともに気を付けようと話を締めくくった二人だが、彼女達の心配は杞憂《きゆう》となった。

朝廷からの干渉については、義父である近衛前久《このえさきひさ》が詔書を止められなかったことを気にしてか、徹底的に根回しを行って以降の動きを悉く《ことごと》封じた。

前久とは対照的に信長は真正面から公家達を糾弾《きゆうだん》する。身を尽くして仕えてくれた臣下を労《いたわ》って休養を与えたというのに、そこへ騒ぎの種を持ち込むとは織田《おだ》家に対する挑戦かと問うたのだ。片や武家の頂点へと至りつつある信長と、関白という公家の頂点である前久の両方から板挟みとなり、虎の尾を踏んでしまったことに気付いた者たちが震え上がった。

静子としては仰々しい儀式などするつもりもなかったのだが、発布されてしまった詔書の影響は如何《いかん》ともしがたく、ヴィットマンとバルティを山の鎮守神《ちんじゅ》とする地鎮祭が営まれることになった。

公には地鎮祭となっているが、その内実は葬儀と葬送をも兼ねていた。本来は身内だけでひっそりと執り行うつもりだっただけに、ここまでの大事になるのは予想外であった。

朝廷としては山頂で儀式を執り行うつもりであったが、静子が禁足を頑として譲《ゆず》らず、また彼女の後見人二人がそれを支持したために麓《ふもと》での開催となった。

参列者についても錚々《そうそう》たる顔ぶれが並び、そうした権威を意に介さない傾奇者《かぶきもの》の慶次《けいじ》や、傍若無人《ぼうじゃくぶじん》を絵にかいたような長可《ながよし》ですら、静子の願いを叶えんがため正装に身を包んでいる。

（お前たちのことを知らない人も多いけど、心から悼《いた》んでくれる人達は揃っているから許してくれるよね？）

山頂に向かって静子は瞑目《めいもく》し、ヴィットマンとバルティが自分達を見守ってくれることを祈った。

この一件に関しては帝の威信に関わるため、朝廷からは帝の代理人として関白である義父の前久を筆頭に、彼の派閥に属する公家が並ぶ。また山科言経《やましなときつね》ら文人たちも参列していた。

言経はこの日の出来事を日記に次のように記している。

「京から遠く離れた地に於ける、誰も名も知らぬような山を霊峰とする祭事だが、終始厳かに進められた。特に尾張の者たちは皆が真摯《しんし》に祈りを捧げ、しわぶき一つ聞こえなかった」

更には参列者の顔ぶれについても触れていた。

「驚いたことに本願寺からも名代が参列していた。未だ和睦が成っていないというのに使者を遣わせ、またそれを受け入れた尾張方の度量の広さには驚かされた。散々に煮え湯を飲ませた相手ですら敬意を払わせるほどの人物とは如何ほどのものか」

そうして目にした静子の姿に対する言及がないのは、多分に肩透かしを食らったためであろうか。

彼以外にもこの日のことを記した文人は多いが、それらは地鎮祭そのものよりも、後に催された直会《なおらい》について多く触れられている。

織田家からは信長、信忠《のぶただ》、信孝《のぶたか》の三名が参列し、濃姫やお市《いち》たちは参列を遠慮した。

濃姫は静子が大げさにすることを望まないことを知っており、少しでも負担が軽くなるよう裏方全般への協力を申し出てくれている。

彼女の助力のおかげで、多少の余裕をもって祭事に臨めている静子は、参列者に挨拶をしていた。

「本日はご多忙のところ、ご参列を賜り有難く存じます」

静子は信長と信忠へ口上を述べて頭を下げる。信孝は他の誰かに捕まっているのか、この場にはいなかった。

深々と頭を下げる静子に対し、信長は彼女に身を起こさせると幼い子供にするかのように頭を撫でた。突然のことに静子が驚いて目を見開くが、信長は優しい眼差しで「貴様は良くやった」とだけ口にすると立ち去った。

信忠も信長に続いて歩み去るが、静子とすれ違う際に彼女の肩を二度軽く叩いてみせた。公の場でできる彼なりの精一杯の慰めだと理解した静子は、思わず視界が歪んだが涙を拭って彼らを見送った。

元より決まりきった手順が定められている地鎮祭だけに、それほど時間を掛けずに終了すると宴会に相当する直会へと移る。

直会とはお神酒で乾杯し、お供え物のお下がりを皆で食することを言う。

思いがけず大事になってしまったが、そこは天下に鳴り響いた尾張の産物がこれでもかと供され、誰しもが見たこともない料理や酒に魅了されていた。

静子の身内以外にとっては祭事であり、酒が入ってしまえば厳かな雰囲気など消し飛んでしまい、大変な賑わいとなっていく。

気分が落ち込みがちであった静子にとって、こうした賑やかな空気は有難かった。

「静子様、拙僧も少し説教の真似事を致しましょう」

鱈《たら》のカレー揚げと野菜炒めの大皿を一人で空にした華嶺行者《かれいぎょうじゃ》が、会場の隅で一人佇んでいる静子の許へとやってきた。

明らかに怪異な風貌《ふうぼう》をしているというのに、不思議と誰からも注目されず、静子自身も目の前に来られるまで彼の存在を認識できなかった。

華嶺行者は静子が落ち着くのを待ってから、決して大きな声ではないのに不思議とはっきり耳に残る声で語り始める。

「静子様は、貴女の許を去った二頭に対して十分なことをしてやれなかったと後悔しておいででしょう。しかし、それは傲《おご》りというものです。どれ程万全の準備をしていたとしても悔いは残るでしょうし、神仏ならぬ御身がどれほど尽くそうとも十全の施しなどというものは成し得ませぬ」

華嶺行者の言葉は決して聞こえの良いものではなかったが、それ故にするりと心に沁み込んできた。

静子よりも遥かに多くの生死を見送ってきた者が達した境地から発される言葉は、静子の後悔を傲慢《ごうまん》だと断じた。

しかし、それは同時に彼女が背負っているものを少し軽くもしてくれた。

「死とは終焉《しゅうえん》ではありませぬ。二頭《かぞく》を欠いた日常の始まりであり、残された者はそれぞれに日々を懸命に生きねばならぬのです。去ったものを偲ぶのは良いでしょう、しかし囚われてしまってはいけませせぬ」

「……」

「このような神事を行わずとも、山へと還った彼らは我らを見守ってくれるでしょう。織田様の唱える天下布武《てんかふぶ》、大したお考えですが山からすればそれすらも刹那《せつな》の夢。たとえ道半ばに朽ちたとしても、山は全てを受け入れてくれるでしょう。貴女は多くを背負おうと気負い過ぎ、却ってご自身が見えておらぬのでしょう。すぐに忘れろとは申しませぬが、貴女を今支えてくれるものを顧《かえり》みることも大事かと存じます」

「……そうですね。ありがとうございます。少し、気が楽になりました」

「いやはや、生臭坊主が偉そうなことを申しました。ですが御身が今を蔑《ないがし》ろにすれば、二頭も安心して眠れぬことをお忘れなきよう」

そう念を押しつつ深々と頭を下げた後、華嶺行者は人ごみの中へと戻っていった。先ほどまでの遥か遠くを見つめるような透明な眼差しは消え去り、強烈に食欲をそそるカレー鍋の匂いにフラフラと誘われる様はユーモラスですらあった。

その余りの落差に静子は思わず苦笑し、久しく忘れていた空腹を思い出した。それまでは手を付けようとも思わなかった料理に箸を伸ばし、口に入れて噛《か》みしめると生の実感が湧いた。

ヴィットマンとバルティの献身によって静子はこの戦国の世で生を繋いだ。彼らの主人として静子が為すべき務めとは、悲嘆に暮れることではなく、彼らが遺した命を次代へと繋げていくことだ。

彼らの子であるカイザーやケーニッヒ達は同族の子を為さなかったが、ウルフドッグという形でその血を残している。それが絶えてしまわぬよう、手を尽くすことが己の役目だと理解した。

「月が綺麗だね」

直会と称した宴は尚も続いているが、徐々にその規模は小さくなっている。眠りこんでしまった者や、酔い潰れた者は都度足満《あしみつ》たちが外へと運びだしているため、会場に残る人数はどんどん少なくなっていた。

給仕や片づけをしている小間使いや下働きたちに後を任せ、静子は直会の場から立ち去った。既に日はとっぷりと暮れ、天には現代では決して目にできない澄んだ月の姿が見える。

「そろそろ寝ないと。明日も早いからね」

信長も信忠も決して口にはしなかったが、静子は彼らが自分の復帰を望んでいることを漠然と理解していた。

それについて薄情だと静子は思わなかった。自分の立場を思えば十分に時間を貰ったし、個人的な感情と領主としてまた信長の臣下として果たすべき責務は別だ。

それにこれで彼らと決別せねばならないわけではない。静子の人生はこれからも続いていくのだ。生きている限り、折に触れて彼らを偲ぶ機会は巡ってくる。

「これから大変なことになる、かな」

静子は空を見上げながら独白する。今まで信長は静子を通じて多くの情報を掻き集めていたが、それらを積極的に活用して動いてはいなかった。

しかし、機が満ちつつあるのだろう。天性の勘によってそれを嗅ぎ取った信長は雌伏の時を終え、雄飛の時を迎えたことを天下に知らしめようとするだろう。

「上様は私が落ち着くまで待ってくれたのかな？　流石に思い上がりすぎか」

自嘲気味に呟く静子だが、彼女の考えは的を射ていた。

信長はこれより一気に攻勢に出る。そのためにも自軍の力を最大限に発揮させる静子の存在が必要不可欠であった。

彼女が万全の状態を取り戻すまでは、戦端を開くことはできないと機を窺《うかが》っていたのだ。

そして遂に機は満ちた。彼女が戦線に戻れば信忠と静子の第二次東国征伐が始まる。

千五百七十六年　八月中旬

神体山騒動も落ち着き暦の月が変わった頃、静子の許へと八月の現場復帰要請が届いた。

長らく現場を空けていたため、職場復帰を前に確認しておかなければならないことが山積みとなり、例によって静子は忙殺されていた。

「あ！　そう言えばこれの実地試験待ちだったのを忘れていた。どうしよう……上様に報告したら絶対乗りたいって言うだろうしなあ」

静子が頭を悩ませているのは熱気球による有人飛行実験に関する決裁だった。なんと言っても世界初のことであり、初物好きの信長が手を挙げない訳がない。

熱気球の原理は非常に単純であり、熱された気体は膨脹するため体積が増えて密度が下がり軽くなる。

軽くなった空気が上方へと上がる際に押しのけた空気の重量が、吊り下げる物体の重量を超えれば浮くというものだ。

押しのけた空気云々に関しては風呂に体を沈めた際に、自分の体で押しのけた水の体積に比例して浮力を受けるのと同じ原理であるため、比較的理解し易いのではないだろうか？

この熱気球は何も道楽で開発したものではない。並行して開発しているもう一つの技術と組み合わせることで、戦略を左右する兵器となる。

とは言え熱気球自体が自由自在に空を飛ぶという物ではなく、単に上空に浮いているだけという代物であるため、必用とされる技術レベルはそれほど高くない。

熱気球は乗員が乗り込むバスケット部分と、熱された気体を孕《はら》んで浮力を得る球皮《きゅうひ》（エンベロープ）と呼ばれる部分に分けられる。

熱気球の中でも最も大きな部分を占める球皮は、帆布《はんぷ》と呼ばれる特異な織り方をした布で構成される。

読んで字のごとく、帆船《はんせん》の帆《ほ》に使用される布であり、とにかく丈夫さが要求される。

今回の場合は綿の糸を複数縒《よ》り合わせた太い糸を使い、縦横の目を細かく編み上げたものを用いている。

この帆布の特徴として濡れても水が生地の目を詰まらせてしまい、内部まで水を浸透させにくいというものがある。

しかし、幾ら細かく編まれているとは言っても気体の分子サイズと比較すれば大きすぎる穴が開いており、通気性はむしろ良いため気密性を求められる球皮に適しているとは言い難い。

そこで静子はかねてより開発を進めていた麻と米から作るバイオプラスチックを帆布表面に塗

布し、強度と気密性を高めることに成功した。

バーナーの火口付近に関してはバイオプラスチックの耐熱性が摂氏百度程度であるため素の帆布素材（綿の発火点は摂氏五百度付近）だが、大部分をこの樹脂塗布生地で構成した。

こうした帆布に樹脂を塗布する形式の素材は、現代に於いて消防ホースにも用いられていることからその防水性能と気密性の高さは明らかだ。

熱源にはアルコールバーナーを採用し、加圧したメタノールとエタノールの混合溶液を加熱した蒸気として噴出させて着火することで出力を上げている。

既に有人以外での飛行試験には何度も成功しているため、それほど危険とは言い難いのだが、それでも熱源装置の爆発や高所からの落下という命の危険が常に付き纏う。

何としてでも信長に乗船を諦めて貰おうと決意を新たにした静子だが、彼女の願いが叶うことはなかった。

「ほう！　これが気球とやらか。このような蛸《たこ》とも海月《くらげ》ともつかぬものが空を飛ぶとは実に愉快じゃ」

「上様、本当にお乗りになるんですか？　万全を期してはおりますが、御身に万が一のことがあれば……」

「くどい！　翼を持たぬ人の身で空を行くなどという大望をこの世で初めて叶えるというのに、わしが飛ばずしてどうする？」

静子と信長は山間《やまあい》に設けられた飛行場で、膨らみつつある気球を見上げていた。

過日に静子が懸念した通り、人類初の有人飛行試験と聞きつけた信長は公務に都合をつけると、最低限の供だけを連れてここまで駆けつけたのだ。

存在自体を秘匿される新兵器だけに、衆目に晒すわけにもいかず四方を山に囲まれた谷間での試験飛行と相成ったのだが、静子は生きた心地がしなかった。

せめてもの救いとしては、用途が観測気球に近いため、地上と係留ロープで常に結ばれていることだ。万が一のことが発生した際でも、確実性の低いパラシュート装置に賭けるという手段の他に、係留ロープにビレイデバイスと呼ばれる器具を掛けて懸垂下降で地上を目指すこともできる。

そうこうしている内にも準備が整ってしまい、主任技術者の男性が静子に用意ができたと告げてきた。尚も逡巡《しゅんじゅん》する静子に対して、信長は鷹揚《おうよう》に頷《うなず》くと大股で気球の搭乗口へと歩んでいく。

「何をしておる静子！　貴様も来ぬか！」

「え!?　わ、私もですか？」

「貴様が作り上げたものに、貴様が乗らずしてどうする？　この世で初の快挙の栄誉に浴する資格は十分あるじゃろう」

最早何を言っても無駄だと悟った静子は、信長と共に気球のバスケットへと乗り込んだ。

元より四人乗りで設計されているバスケットは、信長と静子の他に操縦手として技術者の男が一人乗り込み、この三名が世界初の有人飛行をした者として名を残すことになる。

信長が興味深げにアルコールバーナーを操作する技術者を眺めるのを他所に、静子と地上に残った技術者たちがバスケットに括りつけられた砂の入った重り袋が結ばれた紐をいくつか解いて重量を調整した。

そうしている内に遂に決定的瞬間が訪れた。気球の浮力と重力が釣り合い、バスケットの下部が地面との摩擦を失って滑り始め、ついには完全に地面から離れて浮遊した。

一度地面を離れてしまえば、気球は見る見る空の高みへと上っていく。地上から百メートルほどの高みに達した時点で、係留ロープが伸びきって気球の上昇がガクンと止まった。

「はははっ！　これが天から見る世界か！　見よ静子、地上の者どもが胡麻《ごま》粒のようだぞ！」

「はい。本番ではこれの五倍ほどの高みに至る予定です。ここですら随分と肌寒いと思いますが、更に上空は極寒の世界となります」

「それ程の高みに至れば確かに矢も鉄砲とて届かぬであろうな。天より地を見下ろし、こやつがその真価を発揮するという訳か」

「はい、その有用性と革新性は東国征伐に於いて実証致します。大の目を得た我らが武田《たけだ》に後《おく》れを取るはずがありません」

そうしている内に技術者の男性がもう一つの機材の動作確認を終え、地上に戻る旨を告げてきた。

信長はバスケットから四方の眺望を確認すると頷き、技術者の男性がリップラインと呼ばれるロープを強く引く。すると、球皮上部に設けられたリップパネルという弁が開いた。

熱された気体がそこから抜けることで徐々に気球が高度を落とし始める。その後は何事もなく気球の高度が下がり、技術者がバーナーを巧みに操作することで緩やかな着地を決めた。

静子の胃へ甚大なダメージを与えた有人飛行を終えた信長は、来た時と同様の唐突さで安土へと戻っていった。

まるで台風一過とでも言うような気分を味わっている静子を待っていたのは、尾張が国を挙げて取り組んでいる愛知用水に関する報告だった。

「知多《ちた》半島への水の供給は順調か」

愛知用水とは現代に於けるそれと同じく尾張丘陵部から始まり、知多半島の南端まで続く幹線水路の総延長１１２キロメートルという途方もない規模を誇る用水路だ。

建築資材の調達が間に合わないため、護岸工事は後回しにしていたり、調整池の規模を当初の計画から縮小していたりと随所に史実に於ける愛知用水と比べて見劣りする点はあるものの、とにかく水を供給するというその一点に於いて異例の早さで実現をしている。

更には水深の問題もあった。農業用水兼上水道用という目的の他に、水上輸送にも用いることを念頭に置いて計画されていたのだが、船舶の通行を見込むなら水深1メートル程度を確保しなければならない。

しかし、水深を深くすればそれに伴って必要とされる工期は指数関数的に上昇してしまう。そこで静子は最初から水運を見込んだ用水路という計画を捨て、まず農業用水として利用できる最低限の深さに見直していた。

「ようやく水路の工事が一段落したから、導通試験を兼ねて木曽《きそ》川から水を通したんだよね。支流水路は勿論、幹線水路すら十分とは言い難い品質だけど、一応は灌漑に使用できる水を供給するという目的は達成できたんだ」

完成形を知っているため、現在のそれとの差異に失意を隠せない静子だが、知多半島の住民たちにとってはその印象は全く異なっていた。

知多半島は土地が全般的に緩やかに傾斜しており、平地が少ない。更に大きな河川もなく、傾斜によって水はけが良すぎるため、常に水不足に悩まされている地域だ。

農業用水の確保はもっぱら雨水を溜めた貯水池頼みであり、半島という立地の影響からか井戸を掘っても海水混じりの水しか得られなかった。

静子が広めた経済政策によって農業以外の産業も成長しているとはいえ、やはり大部分の住民は農業に従事しており、生活の行方を左右するのは米の出来高となった。

そこへ静子が知多半島の南端まで用水路を通すという途方もない計画をぶち上げた。住民たちは当初、そんな夢物語のような計画を信じていなかった。

しかし、年を追うごとに着実に南下してくる用水路工事の様子を目の当たりにした住民は、徐々に期待を抱くようになった。

今までの為政者というのはただでさえ少ない収穫から年貢という名の税を取るばかりで、住民の生活改善にはそれほど寄与してくれない存在だった。

既に尾張の平野部が穀倉地帯としての地位を確固たるものにしている以上、莫大な費用をかけて知多半島まで水路を引く必要性がないのだ。

それにもかかわらず信長と静子はその無謀とも言える計画の第一段階を成し遂げた。

当然ながら慈善事業ではあり得ず、信長と静子は将来それだけの食料生産量が必要になると見越して計画を推進している。

それは長くとも自分を含めた親子三代程度までしか理解の及ばない民と、百年後の日ノ本を思い描いて計画を立てる為政者との差である。

それでも住民たちにとって愛知用水の存在はいつしか希望となった。開通を優先しているがために流量も当初の計画から比べれば少ない上に、支流水路なども手つかずだ。

静子にとっては到底満足のゆく出来ではないが、住民にとっては命を紡ぐ希望の道として映っていた。今後も続く工事に関して南部の住民たちは血判状を作って協力すると申し出た。

「土木工事をする以上、常に人手は必要だから正直助かるね。自動車が実現できない以上、人の手による運搬も馬鹿にならないからね」

まだまだ計画の第一段階が完了しただけであり、幹線水路以外にも支線水路を広げて毛細血管のように張り巡らし、全ての住民たちが当たり前のように真水を飲むことができ、また農業用水に不安を抱くことがない状態まで持っていくには途方もない時間を要するだろう。

「それまで私が生きているかは……わからないか」

史実に於いてすら1957年着工、1961年完成という期間を要した大事業を、400年以上も前の段階で規模を縮小しているとは言え、成し遂げられた要因として工事用機械の存在があった。

木製旋盤に始まり、製鉄を経て徐々に高度な工作機器を整備し、スターリングエンジンの実用化以降も工業化は逐次推進された結果として、自走こそできないものの土木用重機の走りとでも言うべき存在が完成していた。

動力として蒸気機関を採用し、油圧シリンダーによる倍力機構を備えたパワーショベル『仁王《におう》参式』が導入された結果、土木工事の効率は飛躍的に高まった。

初代仁王の基部は完全に固定の土台にパワーショベルだけが付いた代物であり、弐式《に》になって横方向への回転ができるようになった。

更なる改良が加わった参式は、ついに土台を台車に載せて移動することが可能となったことにより、実際の土木工事へと投入することができたのだ。

とは言え欠点がないわけではない。

巨大なアーム部分の重量が重心を狂わせるため、移動に際しては毎回分解して運ぶ必要があるし、金属フレームの土台付きの台車は重すぎて到底人力では動かすことが叶わない。

設置する度に地面に固定用の杭を打ち込み、蒸気機関が立てる爆音は作業員同士の会話もままならない程の音量に達する。

それでも数百キロに達する岩を掘り起こし、動かせるという仁王の存在は掘削工事に於ける革命となった。

実際に工事現場に投入された結果、仁王参式にも数々の不具合や損耗による故障なども続出した。

しかし、現場に簡易整備場を建ててサポートした技術者たちによって整備・改善が進められている。

こうして蓄積された情報が後継機となる仁王肆《し》式へと反映されることによって、更なる発展が続いていくことになる。

余談だが主要な機種名とその型式が数字で加算されていくという様式は、時代に則したネーミングセンスが欠如した静子の薫陶《くんとう》を受けた技術者によるものだ。

横文字が当たり前の時代に生きた静子は、油断すればドイツ語や英語由来の名前を付けようとするため、戦国時代の人々にはどうしても馴染まない。

少しでも自分達が生み出した機械が、それを利用する人々に愛され受け入れられて欲しいと願う技術者たちによる苦肉の策がこの命名規則であった。

「こうして仕事を再開すると、自分が居なくても世間はどんどん進んでいくのがわかるなあ」

当然のことだが静子が立ち止まっていた間も、世間は着実に前進していく。

そうなるように種を蒔《ま》いたのは他ならぬ静子であり、一度芽吹いた種は静子が居なくとも成長を止めることはない。

成長結果を予見して適切な世話をしてくれる人が居なくとも、成長速度の差はあれど生物は自分自身を成長させる力を持っているということを痛感させられた。

「私も置いていかれないよう、頑張って遅れを取り戻さないとね」

静子は一つ気合を入れると、まずはこれからだとでも言うように書類の山へと手を伸ばした。勢いに乗って仕事をしている時に限って、妙な騒動に巻き込まれる。そんなジンクスが自分にはあるのでは？　と静子が思うほどに現在の状況は混迷を極めていた。

彼女の前には荒縄で両手を後ろ手に拘束された少女が二人座らされていた。少女たちは腰縄を打たれ、その縄の先端は屈強な兵士が握って睨《にら》みを利かせている。

才蔵《さいぞう》は静子の護衛を自認しているため常に傍に控えているが、騒動を聞きつけて野次馬しにきた長可と慶次も加わり、更には復帰前の静子の様子を見に来ていた足満までが揃い踏みしていた。

少女たちにとっては領主の前に引っ立てられたというだけでも恐慌に陥る寸前だというのに、更には四方から名立たる武人による無言の圧力を加えられ窒息しかけた金魚のように口をパクパクするだけの哀れな状況だ。

「えーと、状況を整理するね。そこの二人が物陰に隠れるようにして何かを取引していたため、ご禁制の品を持ち込んでいるかと踏み込んだところ、妙な文書が出てきたので連れてきたと？」

確認するように問い返す静子に対して、兵士たちは直立不動の姿勢で肯定する。そもそもご禁制の品が取引されていたとして、その処遇を巡ってわざわざ静子の判断を仰ぎに来ることなどあり得ない。

禁制品ごとに処置と量刑は定められており、本来ならば町奉行相当の役人の権限に於いて彼女達は取り調べを受けた上で処断されているはずだった。

それらを一気に跳び越えて領主たる静子の処まで事案が持ち込まれているのだから、出てきた文書とやらが相当に厄介な品物だということが予測される。

静子としては本調子でない時に厄介ごとは勘弁して欲しいと思うのだが、間諜の可能性があると言われれば国防という観点からも見過ごすことはできなかった。

「没収した文書を詳細に調査しましたが、見たこともない様式で文字やら絵やらが羅列されておりました。何らかの情報を我が国から流出させんとする暗号かと推測しましたが、解読は依然として進んでおりません」

「そんな変わった様式の文書なんだ？　なになに、墨で着色されてはいるが筆によるものではなく、鋭い何かで引っ掻いたような細かい文字が書かれていたと……」

現時点で最も流通している筆記用具は筆である。庶民たちが木片に墨で直接文字を書き付けることはあるものの、報告によればもっと繊細な線で描かれているとある。

暗号については暗部を担う足満自身が才ある者を集めて教育し、更には足満が知り得る限りの暗号方式を伝授した暗号取り扱い専門の部署ですら皆目見当がつかないという。

尤《もっと》も暗号というのは当事者間同士で取り決めた約束事に従えば、意味が取り出せるという性質のものであるため、どうしても暗号作りと解析はいたちごっこの関係となる。

それでも同じ文化を共有する日本人である以上、突飛な暗号を作り出せる才能を持つ者は限られ、大抵は先人の作り出したセオリーに沿っているため解読の糸口ぐらいは摑めるものだった。

「そこまで内容が摑めない暗号ってのは気になるね。少し見せて貰えるかな？」

暗号と言えば狸のイラストが添えられた『た』抜き言葉や、栓抜きの『せん』抜き言葉など、なぞなぞの域を出ないものしか思い浮かばない静子が見たところで理解できるとは思えないが、話題の暗号を読んでみたいと思った。

静子の要望はすぐに叶えられ、件《くだん》の暗号文書が彼女の前に差し出された。毒物検査などもされたようで、文書の一部が切り抜かれた後で貼り直された痕跡があった。

文書という言葉から何となく一枚の紙きれを想像していたのだが、目の前に置かれているのは装丁の施された和綴じの本であった。

確かに本となれば文章量が多くなり、必然的に解析に時間がかかるというのも頷ける。しかしそれだけにヒントとなる素材も多くなり、手掛かりは逆に多くなるのが自然だろう。

そして兵士たちが報告してきたように、筆とは異なる筆致による文字や絵が不規則に書き込まれているのが見て取れた。そしてその線は静子の知る万年筆による筆跡と良く似ていた。

「ふーむ……確かに特殊な筆記用具を使っているようだね。それで内容は……」

そうして静子が本格的に内容を読み始めると、周囲の男性たちも博識な静子ならばと期待を寄せた。

何かしら進展があるのではないかと皆が期待を抱いている中、拘束されている少女二人だけがこの世の終わりであるかのような表情を浮かべて天を仰いでいた。

「……」

戦国時代に身を置いて長く年月が経過し、文字は縦書きで右から左に読む習慣がすっかり定着していた静子だが、この文書はどうやら左から右へと読み進め、更に上から下へと読んでいくのだという法則に気が付いた。

本を最終頁から開き直して、その順序で読み進めていくと程なくして静子は己の失策に気が付いた。

(これは暗号じゃない。ただの十八禁同人誌だ。しかも両刀……)

この時代には珍しく大きめの挿絵が添えられた小説形式の内容であり、序盤を読んだ限りでは年若い武家の当主がお家断絶を機に家を離れ、気ままに日ノ本を旅するというものだ。

そこで目にした風物を楽しみ紀行文のような体裁で描かれているのだが、ひとたび宿場に着くなり色事へと内容が変わる。

行きずりの旅人と一夜を共にすることもあれば、茶屋の看板娘との熱いロマンスが描かれたり、屈強な牢人に組み伏せられたり、逆に美少年を組み伏せたり……といった衆道的な展開までが描いながらも凄まじい熱量をもって描かれていた。

　盛大に肩透かしを食らった脱力感からため息を吐きそうになった静子だが、やはりその物語を紡いだ筆記用具が気になった。

「……この二人の持ち物にガラスか金属でできた細長い棒状の物はなかったかな？　恐らく先端が尖っていて溝が刻まれていると思う。後は墨汁のようなものを入れた容器。それを探してきて」

「はっ」

　静子はせめてもの情けとして同性である彩に二人の私物を探るよう命じた。程なくして彩が二人の荷物から、静子が指定した品物を探し出して持ってきた。

　硬筆を知らない彩には何に使うのか想像できないようだが、静子から見れば一目瞭然の代物だった。一切の装飾が省かれた実用一点張りの無骨なデザインのガラスでできたペンがそこにはあった。

　先端が欠けないように配慮してか、布でぐるぐる巻きにされてはいたが、使用された痕跡が墨の跡から窺える。

「二人とも、今から私が訊ねることに正直に答えるように」

「は、はい」

「先に言っておくと、私はこれが暗号ではなくどういうものか理解しました。書物について咎めないことを約束した上で聞きます。質問に答えないのは自由だけれど、私という理解者が敵に回るということは覚悟しておいてね」

 やや過剰に脅した上で二人の顔を見つめると、二人とも蒼白な顔色のままがくがくと何度も頷いた。

静子が先に明言した通り、文書自体には倫理的にはともかくとして問題はない。筆記用具として用いられたガラスペンの存在が大きな問題となるのだ。

「単刀直入に聞きます。これは何処で手に入れたの？」

質問を口にしながら静子は、ガラスペンを二人に見えるように突き付けた。

ガラスペンとは佐々木定次郎という風鈴職人が１９０２年に考案した筆記用具である。

ペン先に刻まれた溝によって毛細管現象が発生し、インク壺にペン先を浸せば自動的にインクが補充されるというものだ。

金属製のペン先を持つ万年筆とは異なり、上下左右のどの方向へもペンを走らせることができる等の利点もある画期的な発明品だ。

専用のインクというものも必要なく、墨汁や水彩絵の具など水溶液の体《てい》をなしていれば何でも利用でき、ボールペンが普及するまでの間、日本に於いて事務用品として重宝された逸品だった。

素材にガラスを用いているため衝撃に弱く、先端が摩耗すれば修理も容易ではないという問題があるものの、その滑らかな書き味は素晴らしく、現代ではペン先を交換できる方式のものも存在する。

当然ながら静子はガラスペンの存在を知っていた。というよりもこれの製法を伝えたのは他ならぬ静子だ。

故にガラスペンの現物がここにあるのは別段不思議ではないのだが、ガラスペンは未だ市場に流通していないという状況を加味すると事情が変わる。

本を一冊書き上げてしまえる程の完成度の現物がありながら、市場に出回っていない理由。それはガラスペンの製造を伝えた職人が尾張ではなく長浜《ながはま》に拠点を構えているためだ。

「実家の遣いで今浜《いまはま》（現・長浜）を訪れた折に、怪しげな露天商より買い求めました。怪しげな風体の商人だったのですが、まるで妖術のようにするすると文字が書ける様子と、それほど高価ではなかったので……」

震えながら身を寄せ合っている二人の内、年かさの少女が口を開いて購入した経緯を明らかにした。

嫌な予感程良く当たるもので、彼女の証言を聞き終えた静子は目元を手のひらで覆って天を仰いだ。これは自分だけの裁量で済ませる範疇を越えてしまったと知って軽く頭痛がした。

「どうした静子？　禁制の品だと言うなら現物を取り上げ、流通に関わった奴を皆殺しにすれば済む話じゃないのか？」

思い悩む静子の様子が気になった長可が乱暴な解決策を口にした。サラリと自分達も殺すと言われた二人は、青を通り越して蠟《ろう》のような顔色になっている。

一つ重いため息を吐いた静子は、二人の少女を残して人払いするように命じた。二人の身柄を足満に引き渡した兵士たちが立ち去り、室内には側近だけという状況になった。

周囲から人気《ひとけ》が絶えたことを気配で察した才蔵が頷くのを待って、静子が口を開いた。

「良かったというべきか、悪かったというべきか。これは羽柴《はしば》様が今浜の名産品として売り出そうとしておられるガラスペンの試作品だと思う」

「……」

静子から告げられた衝撃の事実に耐えきれなかったのか、少女二人は卒倒して倒れ込んでしまった。

すかさず二人の首筋に手を当てて脈拍を診ていた足満だが、呼吸に異常がないため二人をその場に寝かせると静子の方へと向き直った。

「ここしばらく羽柴様は不手際続きで、上様に良い報告ができていないんだよね。播磨《はりま》では赤松《あかまつ》氏の抵抗に手を焼いているし、今浜の経済状況も戦費が嵩む状況を考えると心もとない」

静子が言うように、近頃の秀吉《ひでよし》は鳴かず飛ばずという状況が続いていた。播磨侵攻では功を焦ったがために赤松一族の反乱を許し、摂津《せっつ》すら反織田の勢力に取り込まれてしまった。

一時は荒木村重《あらきむらしげ》も呼応するような怪しい動きを見せていたのだが、幸いにして彼が反旗を翻《ひるがえ》すことはなかった。

そこには石山《いしやま》本願寺が信長に屈したという状況の推移が多分にあり、秀吉の奮闘に依るものではない。

播磨侵攻に於いて何の成果も得られなかった秀吉は、彼の所領である今浜の経済状況をもひっ迫させてしまっていた。

元々借金経営をしているというのに、無理を押して戦費を捻出したため資金繰りに行き詰まっていたのだ。

静子が後押しするガラス製品がなければ今浜は織田領の中でも最貧地域へと落ちてしまっていたかも知れないほどだ。

焦った秀吉は更なる失策を重ねてしまう。その最たるものが街道整備であった。領地の街道整備は織田家が推奨する事業であり、いずれ手を付けねばならない課題ではある。

街道整備といったインフラ事業は例外なく巨費を要するが、その投資効果が得られるようになるまでには時間がかかる。

それにもかかわらず秀吉は東国征伐後の人々の移動を見込んで、東国から関ヶ原《せきがはら》を通り今浜経由で京へと向かう主要ルートの整備に乗り出した。

ここだけならばそれほどの痛手とはならなかったのだが、関ヶ原から今浜へ向かう道と並行して関ヶ原から米原《まいばら》へと向かうルートにも手を付けてしまったことが致命傷となった。

秀吉の目論見では米原から長浜へと北上する人の流れが生まれるはずであった。ところが関ヶ原から米原へと道が繋がった途端に、今浜を経由せずに直接安土へと南下するような流れが出来上がってしまったのだ。

大金を費やした挙句に領地に落ちる金を少なくしてしまうという大失態を演じた秀吉は、秀長《ひでなが》を通じて静子へと再び相談を持ち掛けた。

何か即効性のある施策を講じねば年を越せないまでに追い詰められた秀吉に静子が授けたのがガラスペンだった。

既に今浜はガラス製品を手掛ける工房が多くあり、高級品のガラス製品は京でも好評を博している。その技術力を活かせる画期的な商品がガラスペンだ。

情報管理の重要性を理解している信長が手にする報告書の多くは未だに毛筆によって記述されている。

しかし、毛筆ではどうしても記録面積に対する一文字辺りが占有する領域が多くなり報告書の枚数が嵩むのだ。

情報を記録して長期間保存できるだけの質を保った紙は高価であることを考慮すれば、潜在的な需要はどれ程になるか計り知れない。

「そこで実用品としてのガラスペンと、芸術品として最高級のガラスペンを上様に献上し、それを織田領内に大々的に流通させることで経済の復活を図ろうとされていたの。そこに来て試作品が流出してしまったらどうなるかな？　日ノ本一番がお好きな上様は他人の手垢が付いた商品を欲しがるかしら？　まあ、実用品の方に関しては実利を取られるでしょうけども」

憐憫《れんびん》を含んだ視線を未だ意識を取り戻さない二人に向ける静子に対し、そんなことはあり得ないと言える者はいなかった。

既に背水の陣状態の秀吉にとって、このガラスペンは失敗することのできない商品だ。それだけに試作品が流出してしまった等という不祥事は何が何でも認めることができない。

最悪の場合は二人を亡き者にしてでも口封じを図り、協力者たる静子に対しても沈黙を保つよう要請するだろうことは想像に難くない。

「このままだと私には二人を庇うだけの名分がない。引き渡しを求められれば、応じる以外に手がないよね」

「……」

「可哀想だけど知らなかったでは済まされない。実際に試作品が横流しされたというのは、羽柴様の不手際でありこの二人には何の落ち度もないけれど、人の口に戸を立てられない以上は……」

静子が語る二人の行く末はどう考えても愉快なものとはなり得なかった。身なりも小綺麗なうら若い少女が無為に命を散らす様など静子でなくとも人の情を持つ者ならば見たくはあるまい。

当の二人は気を失っているし、その二人を哀れに思う者は二人を救う手立てが思い浮かばず暗い表情を浮かべていた。

皆が押し黙ってしまい重い空気が満ちた処で、静子が大きく手を打ち鳴らした。

「とまあ最悪の状況としてはそうなるんだけれど、見たこともない商品に価値を見出し使いこなして見せた才女をむざむざ死なせるのは惜しいよね。何とかできそうな手立てがあるんだけど、皆一枚噛まない？」

どん詰まりの状況を打開するという静子の秘策を遮ろうという者はこの場に居なかった。

千五百七十六年　九月上旬

「先ずは状況を整理しようか。このガラスペンを売った商人は最初からこれを並べていたのかな?」

「いいえ。今浜土産として小ぶりなガラス製品を売っておりました。私が実家の者への土産を見繕っている際に、金払いが良いと見たのか、特別にこんなものがあると見せられました……」

「大っぴらに売っていた訳じゃなさそうだね。その商人はガラスペンを複数持っていた?」

「いいえ、一点物なので他にはないと……」

「うーん。商人の言《げん》を信じるならば、持ち出せた試作品は一つのみ。でも他の人にも同じことを言っていないとは限らない。ここは一つ秀長殿に骨を折って貰うとするかな?　それぐらいの貸しはあったよね」

そう言って静子は筆を取ると文を認《したた》める。

内容は今浜の新しい名産品として開発しているガラスペンの試作品が領外に持ち出されている。それを静子が見つけて取り戻してあるが、外にも漏洩《ろうえい》している可能性があるため、工房及び関係者を秘密裏に洗って欲しいというものだ。

静子が手に入れたガラスペンには製造番号が刻まれておらず、恐らく何かしら問題があって失敗作と判断された試作品であろうということも書き添えておく。

「あ、そうだ。貴女はその商人の人相を覚えているかな？」

「そういえば、鼻筋に大きな黒子《ほくろ》があったのと、手の甲に火傷《やけど》の跡がありました」

「お、結構特徴的だね。じゃあ、覚えている限りで人相を描いて貰えるかな？　それも添えて秀長殿にお任せしよう」

静子は紙とガラスペン、墨壺を年嵩《としかさ》の方の少女に返し、人相書きを作らせる。

それを待つ間に更に思案を重ねる。現時点では幾つ穴が開いているか判らない鍋に対して、一ヶ所の穴を塞ごうとしているに過ぎない。

秀長に依頼することで穴の総数を割り出し、外には漏れていないということを確認する必要がある。更に万が一に他にも持ち出されてしまっていた場合の策も必要となるだろう。

つまり高級な芸術品としての路線は捨て、実用一点張りの方向性で利益を生む道筋を見せてやらねばなるまい。

「お、もうできたの？　早いね」

「ほう！　見事なものだな。何処か陰のある小悪党といった感じじゃか」

静子の隣で人相書きを覗《のぞ》き込んでいた足満が少女を褒めた。現代に於いても犯人捜しに際して似顔絵が作られるように、案外写実的な写真よりも特徴を強調した似顔絵の方が対象を見つけ易い場合がある。

静子は足満の反応と、少女の作画の速さ及び応用力の高さを目にして、一計を思いついた。静子は少女から取り上げた本の頁《ページ》を捲《めく》りながら少女に訊ねる。

「この本は左開きで文字は横書きという普通にはない様式で書いてあるけれど、これは一般の書物が右開きで縦書きなのに対して真逆にすることで秘密が露見しにくくしたってことなのかな？」

「は、はい。仰《おっしゃ》る通りです。文字の大きさを揃え、極力四角く纏《まと》まるように書くことで縦書きに読むと意味が通らないようにと考えました」

「貴女のご実家は何をしてらっしゃるのかな？」

「は……はい。こちらで呉服の商家を営んでおります。ですが、何卒《なにとぞ》家族への連座はご容赦下さいませ……」

「え!?　あ、違う違う。そうじゃなくて、貴女の才能を埋もれさせるにはあまりにも惜しい、これを仕事にしてみないかな？　と思って」

「は……はあ……」

「勿論このままの様式じゃ斬新過ぎて読み手がつかないから、文字は縦書きにして貰った上で絵巻物のような形にして貰いたいんだけど、できるかな？」

絵巻物とは日本の絵画型式の一つであり、奈良時代に最初の絵巻物とされる『絵因果経《えいんがきょう》』が作られている。

横長の紙に情景や物語を連続して描写し、絵及びその説明となる詞書《ことばがき》が交互に現れるものもある。

絵巻物形式であれば少女の小説の形式に比較的近く、公家たちにとっては親しみやすい。

そう、静子は義父である近衛前久が発行している『京便り』の紙面の一部に４コマ漫画のように載せようと画策したのだ。

勿論今思いついたことであり、事前に根回しをする必要はあるが、最低限の教養を備えた公家の読み物として新しい娯楽の提供は彼も望むところだろう。

「このまま書き続けても良いのですか？」

「筆記具はガラスペンではなく筆になるし、内容についても穏当なものにして貰うけれど、紀行文という形式はそのままで良いよ。勿論お仕事だから、相応のお給金を払うし、貴女のご実家にそのことを了承して貰えるようお願いに行くつもり」

「そ、そんな！　畏れ多いことでございます。ご領主様に望まれて否やはございませんし、私もやりとうございます」

「貴女には京の公家向けに作られている書に対して、原稿を提供して貰います。その際に本名だと都合が悪いので、筆名を考えておいてもらえるかな？」

「は、はい!?」

唐突に仕事を斡旋《あっせん》され、あれよあれよという間に話を詰められていく。少女たちは身を寄せ合って、激流のように押し寄せてくる情報を噛み砕くのに精一杯だった。

「このガラスペン、羽柴様は上様に献上すれば箔がついて売れると踏んでいるようだけれど、多分その思惑は外れることになると思うの」

戦国時代に於いて貴人が自ら字を書くということは稀である。私的な物はともかく、公的な文書ともなれば右筆《ゆうひつ》と呼ばれる代筆専門の人間が筆を取っている。

更に道具としては画期的ではあるが、美術品として見た場合筆の形をとることが足枷となってどうしても地味な印象が拭えない。

同じくガラス製品の切子《きりこ》と呼ばれるガラス容器に比べれば華やかさで劣ってしまうのだ。

一方で実用品としてガラスペンは有望だ。一本でそれなりの厚みの書籍を一冊書き上げられるだけの耐久性に加え、筆文字よりもずっと細い文字を高い密度で書き込むことができる。

実用品であれば、持ち手部分を木製などにして、先端のみを付け替え方式にすることで継続的な需要を見込むことも可能だ。

更には『京便り』のガリ切りには、鉄筆《てっぴつ》と呼ばれる金属製のペンが用いられている。ガリ切り前の原稿をガラスペンにすることで、ガリ切りの労力を少なくすることもできるだろう。

開明的であり先見性のある前久ならば、ガラスペンの有用性を見過ごすことなどあり得ない。何と言っても前久肝煎《きもい》りの事業だけに、彼を取りこめれば大口顧客となることは間違いない。

「まあ、世に絶対はないから、高級品としてのガラスペンが売れることもあるかもしれない。杞憂で済めば良いけれど、上手くいかなかった時の備えはあるに越したことはないよね？」

秀吉にとって虎の子となるガラスペンだが、重要なのは利益が出ることなのだ。

既にガラスペンが世に出回ってしまい、上様に献上できなくなったとしても、十分な利益が見込めるとなれば多少の瑕疵《かし》（欠点のこと）には目を瞑《つむ》るだろう。

「貴女の筆名が売れれば、文具を筆からガラスペンに切り替えて、紙面と作品を通じてガラスペンを売り込むこともできるしね。多くの人の目に止まれば、それだけ欲しがる人の数も多くなる。『京便り』に広告を出稿している商人たちにとっても、気になる存在になるんじゃないかな？」

静子の策はマーケティング分野ではブランディングと呼ばれる手法である。

著名な作家が愛用している品だとマスメディアで宣伝すれば、顧客はあの作家が使っている物ならばハズレはないはずと認知する。

そして実際に筆記用具としてのガラスペンは優秀だ。その信用がさらに彼女達の知名度を向上させ、更に信用が生まれるという好循環が始まる。

彼女達の知名度が高まれば、『京便り』の連載以外にも彼女達の作品を買い求める人が現れるだろう。そうなれば彼女が本来得意とする作品も受け入れられ易くなる。

いつの世も人の興味は他人の色恋沙汰や醜聞に集中するものなのだから。

「彩ちゃん、彼女に部屋と当面の活動費を渡して貰える？」

「はっ、承知しました」

「話は以上よ。もう一人の貴女は、私が良いと言うまで口を噤《つぐ》んで貰えるかな？」

完全に巻き込まれた形となった少女は、静子の言葉にがくがくと首を縦に振るしかなかった。

静子は小姓を呼びつけると、認めた密書を渡して秀長へと早馬で届けるよう申し付けた。

秀長の調査結果や対処を待たずに、静子は二の矢を番《つが》えて状況を進めていくことを選択した。

ガラスペンを流出させた犯人はほんの出来心からだったのかも知れないが、その結果として秀吉の政策だけに留まらず、一人の少女の運命を歪めてしまうに至った。

願わくは彼女の行く末が明るいものであって欲しいと願う静子であった。

「……そう言えば足満おじさんが手掛けている商品、物凄い売れ行きだって報告が上がっているんだけど？」

「ああ、焼き鳥だな。折角ビールを作ったんだ、焼き鳥ぐらいあっても罰は当たるまい？」

静子から話を振られた足満が鷹揚《おうよう》に頷《うなず》いた。かねてより足満とみつおはビール製造を手掛けているが、事業規模が大きくなるにつれて更なる拡販を目指すべくテコ入れを行った。

夏の暑い時期に川の水で冷やされたビールと枝豆は庶民を夢中にさせた。しかし、秋口に差し掛かり涼しくなってくるとガツンとパンチの利いたツマミが欲しくなる。

そこで足満とみつおの飲兵衛《のんべえ》二人が考案したキラーコンテンツが焼き鳥であった。ここ尾張では養鶏が盛んになっており、採卵を終えた老鶏の肉は非常に安価で手に入る。

その肉を砂糖と醤油、味醂と酒という尾張の名産品を使ったタレを塗って焼き上げた焼き鳥は、主に労働者たちの福音となった。

一日の仕事を終えた労働者に対し、醤油の焦げる香ばしい匂いと脂の滴《したた》る焼き鳥は効果覿面《てきめん》であった。

「道路整備や用水整備の人足をメインターゲットとして絞り込んだんだね。確かに彼らは日払いだから現金を持っているし、肉体労働に従事しているからお腹も空いているもんね」

「汗を流した後に飲むビールは格別だ。そこに安くて旨いツマミがあるならば、飲まない訳にはいくまい？」

経済活性化に欠かせないものがインフラである。史実に於いて第二次世界大戦後の日本が『日本列島改造論』という一大土木工事プロジェクトによって再生したように、道路に代表されるインフラは人・物・金が集まり需要と供給の好循環を生み出す。

土木用重機が実用化され始めてはいるものの、未だに土木工事の主役は人間や家畜であり、その規模に応じて多くの人員が必要となる。

彼らは機械と異なり燃料を消費しない代わりに飯を食う。道具も消耗するし、衣類も住居も必要となる。

つまり労働者たちは静子にとって被雇用者であると同時に、顧客にもなり得る。彼らに多少多くの給金を支払ったところで、その分尾張で飲み食いして貰えれば金は回り続ける。

足満とみつおは自身が飲兵衛であるため、顧客の欲するところを的確に摑んで焼き鳥のラインナップを充実させた。

軟骨と肉を叩いてミンチ状にし、串に巻き付けて焼いた『つくね』。鶏の尻尾付近にある非常に脂の乗った部位『ぼんじり』、その場で捌くからこそ提供できる鶏の心臓こと『ハツ』に砂嚢《さのう》である『砂肝』。

他にも肝臓である『レバー串』や、何と言っても外せないのがモモ肉とネギを交互に刺した『ネギマ』だろう。

労働者たちはその充実した商品のバリエーションと、何だか通《つう》っぽい品書きに魅せられ、連日通い詰めることになる。

初めは一軒だけの焼き鳥屋台だったのだが、今では幾つもの屋台が軒を連ねて、焼き鳥通りが出来上がる程になっていた。

「濁酒《どぶろく》はともかく清酒は高いからな。奴らの懐具合に収まるようビールを安くし、薄利多売を狙ったのだが焼き鳥が想像以上に当たったな」

今では仕事上がりの労働者がビールと焼き鳥を口にする光景が、秋の風物詩として認識されるようにすらなっている。

ビールは陶製の容器で提供しており、焼き鳥は木皿の上に竹串に刺さった状態で出されるため、ゴミが少ないというのも利点だ。

「お陰で用水整備が捗っているよ。まだまだ支流水路を広げないといけないから、人々が気持ちよく働ける環境を整えてあげるのは重要だね」

理想的な相乗効果だと静子は思った。道路や水路を整備することで雇用が生まれる。雇用が生まれれば、彼らが飲み食いするための食料需要が増え、現地の農作物や畜産物が売れて民も潤う。為政者側は回収した資金で更なる工事を計画し、尾張全土へとインフラが張り巡らされる流れが生み出されつつあった。

道路が整備されれば人・物が動き、水路が整備されれば彼らの腹を満たすために田畑が開墾される。織田領内の他領から出稼ぎ労働者も集まってきており、経済成長は右肩上がりに伸びていた。

しかし、多くの金が集まるということは負の側面も持つ。開墾された田畑は逐次検地が為され、記録されることになっているが、これを誤魔化そうとする代官が現れる。

本人からしてみればちょっとした小遣い稼ぎのつもりかも知れないが、これを見逃せば真面目に税を納めている民たちに示しがつかない。

「そう言えば勝蔵《かつぞう》。税収を誤魔化しているという噂のあった代官を調べに行ったんじゃなかったか？」

話し込む静子と足満を前に、手持無沙汰にしていた長可に慶次が話しかけた。

「ああ、内偵していた奴が裏を取ったからな。ちょっと説得をしてきた」

長可と慶次の会話を耳にした静子が問い掛けてくる。

「あ、そうだ勝蔵君！　君の部隊が提出してきた報告書に気になるところがあるんだけれど、どんな説得をしたのかな？　新式銃は判るんだけれど、野砲の持ち出しとその砲弾は何に使ったの？」

静子から追及された長可は、露骨に視線を外して沈黙する。それだけでどんな説得をしたのかが察せられた。

「一応上様がお認めになっているから煩《うるさ》く言わないけれど、力押ししかできないと思われるから程々にね」

「お、おう。上様から一罰百戒になるから派手にやってこいとお達しがあってな」

最初は代官本人だけを懲《こ》らしめるつもりだったのだが、税を誤魔化して私腹を肥やすということは信長に噛みつくに等しいのだと天下万民に知らしめる必要が出てきた。

そこで長可は武装した部下を率いて代官の屋敷に出向き、代官及びその家族と使用人を拘束した上で屋外に連れ出すと、彼らの見ている前で空き家となった屋敷を砲で木《こ》っ端《ぱ》微塵《みじん》に吹き飛ばしたのだ。

文字通り命以外の全てを失った代官に対する仕打ちは、信長の目論見《もくろみ》通り綱紀を引き締める結果となった。

「参考までに聞くんだが、静子ならば説得に応じない輩《やから》にはどう対処する？」

「私？　説得に応じないなら時間を掛けるだけ無駄だよね？　それならその人に渡るお金を差し押さえちゃうね。不正に得た利益を返せば良いってもんじゃないからね、しっかりと罪は償って貰うよ」

「兵糧攻めかよ……」

長可の爆砕と比べれば穏当に見えるかもしれないが、静子の手段は経済活動の輪から代官だけを締め出し、社会から完全に孤立させるという凄惨なものとなる。

領主から睨まれている凶状持ちと取引をしたがる商人など居るはずもないため、自分とその家族が生きるために必要となる糧《かて》の全てを自分の手で作るしかないのだ。

『働かざる者食うべからず』を体現する静子の答えに長可は乾いた笑いを浮かべるしかなかった。

ヴィットマンとバルティの墓所となった神体山は大神山《おおかみやま》と命名され、山頂に建立する予定の社が麓で造られ始めた。

山全体が禁足地となっているため、プレハブ建築のように部品単位で造った後で仮組みし、最終的に分解して山頂まで運び石積みをした上で据え付けるという手筈となっている。

名立たる宮大工が鑿《のみ》や鉋《かんな》を振るい、華美ではないが厳かな社が日々組み上がっていく。かんかんという槌の音を聞きながらも静子は書類仕事に追われていた。

当初の計画より大幅に規模が縮小されたとは言え、愛知用水という国家的事業の第一段階の成果を信長に直接報告する必要があるためだ。

幹線水路に水が供給されたのを皮切りに新しい田畑の申請が相次いで提出され、どの程度の生産量を見込めるのかが概算でしか求められないという状況になっていた。

そこで先月末までの申請を元に予想石高《こくだか》を算出されたものが報告書として静子の許へと上がってきているのだ。

静子は事務方と協議しながら報告書を纏めると、書類を携えて安土へと向かうこととなる。

安土入りを果たした静子は別邸に体を落ち着け、二日後に控えた信長との謁見を前に休息を取っていた。

静子が慌ただしく各所に挨拶回りをしている間にも二日が経ち、ついに信長との謁見の日となった。

安土城へ登城すると、信長の側近である堀《ほり》に案内されて謁見の間ではなく、直接茶室へと通された。

「上様におかれましてはご機嫌麗しく――」

「前口上は要らぬ。久しいと言う程でもないか？　少しは落ち着いたようじゃな。早速じゃが美濃と尾張とを結ぶ用水の成果を聞かせよ」

静子の発言を遮った信長は身を乗り出し、静子との距離を詰める。静子も畳の上に資料を広げ、膝を突き合わせる距離で報告を始めた。

「先月末までの申請を取りまとめた結果が以上となります。現状の生産力は穀倉地帯のそれと比べると大きく劣りますが、支線水路が拡充されるにつれて伸びる余地はあり、開発特区として税率を低く設定しているため移住者も増えることが見込まれます」

静子は信長へ一時間に亘って報告を行った。現状では人口の少ない知多半島だが、開発が進めば多くの人口を養うことのできる土地へと生まれ変わることが期待される。

極端な表現だが不毛の土地と見做されていた知多半島が穀倉地帯へと変われば、尾張は今以上に大きく発展することだろう。

そして信長は知多半島を単なる穀倉地帯で終わらせるつもりはなかった。

十分な人口を養えるだけの食料生産力を確保でき次第、知多半島を工業地帯及び重商政策の拠点とする構想を持っていた。

静子と足満が齎《もたら》した工業化の波は、信長の力を飛躍的に伸ばすことに成功している。

製鉄に紡績、機械工作に土木建築とその応用範囲は広く、しかも人力では到底成し得ない成果を上げていた。

知多半島の工業化構想は伊勢《いせ》湾に面しているため外洋へ出やすいという天然の港湾を擁《よう》する立地と、用水によって工業にも不可欠となる大量の水を供給可能となったことで躍進する。

「数年後が楽しみじゃ」

そう呟いた信長の脳裏には工場が立ち並び、造船所や大型ドックを備えた港湾とそこに浮かぶ外洋船の姿が見えているようだった。

かなり話が過熱したため信長は手ずから茶を立てると静子へ差し出し、それぞれに一服した後に改めて話を切り出す。

「さて、貴様は来たる東国征伐で北条《ほうじょう》をどう攻める?」

開口一番、信長は余人が耳にすれば正気を疑うような発言を投下した。

それまで東国征伐と言えば、まずは武田を片付けないことには話にならず、北条攻めなどはまだまだ先の話と考えられていた。

しかし、信長は北条を攻めることを確定事項であるように話し、また静子もそれを当然のことと受け止めている。

更には信長が己の意見を述べる前に他者の意見を求めるということが珍しい。もしもこの場に堀や明智光秀《あけちみつひで》が同席していたのならば、信長の影武者を疑う程の事態だった。

「小田原《おだわら》城は堅牢な要塞です。一息に攻め落とすには難しいため、支城を一つずつ攻略した上で丸裸にするのが定石かと」

「ほう。回りくどいが堅実じゃ。しかし、いくら支城を落としたところで小田原城だけでも相当の籠城に耐えおるぞ?」

「それは織り込み済みです。我が軍の砲を以てすれば、既に籠城という戦術は意味を為しません。どれ程堅固な石垣を築こうとも数発も撃ちこめば瓦礫になるのですから。しかし、最初から砲を前面に押し立てて攻めれば、北条は城を捨てて海へと逃亡する可能性があります。故に遠回りになろうとも支城を潰し、逃亡できない状態へ追い込んだ後に一気に攻めるが上策かと」

「確かにな。今までは武田や上杉《うえすぎ》を以てしても、小田原城へ籠った北条を攻めきれたためしはない」

「勿論、武田や上杉が攻めた折には前当主の北条氏康《うじやす》が指揮を執っており、現当主である氏政《うじまさ》とは采配に差異があるかもしれません。しかし、かの武田すらをも退けた実績のある戦法を踏襲しない可能性は低いと考えます」

小田原城は広大な敷地面積を誇り、内部に城下町をはじめ内部で暮らす人々の食料を供給する耕作地までをも囲い込み、その周囲を空堀と土塁で隔てる総構《そうがま》えと呼ばれる構造を取っている。

西洋や大陸などでは良く見かけるタイプの所謂《いわゆる》城郭《じようかく》都市だが、日本では周囲を海という天然の防壁で守られており異民族の襲撃を数える程しか受けなかったこともあり、城郭都市のような莫大なコストを掛ける重武装都市は発展しなかった。

つまり異民族による襲撃は領民・領地を含めた地域全体の制圧・支配が目的であるため領民を守るためには城壁が不可欠であるのに対し、同一民族同士の争いは主に政争による内戦となる。このため標的は必然的に政敵のみに絞られ、領民は征服者の統治下に組み込まれはするものの命までは奪われないことが多かった。

しかし、鎌倉《かまくら》や石山本願寺、小田原城などは群雄割拠する戦乱の時代を反映してか、周囲に防壁を張り巡らせた城郭都市を形成している。その結果として長期間の籠城に耐え得る設計となっており、遠征という時間制限のある中では武田も上杉も攻めきれなかった。

既に織田方の大砲の威力は身を以て知っているであろう北条軍だが、平野部で対人に向けて使用したため防壁が用を為さない程の威力があるとは思っていない可能性が高い。

「籠城という戦法は援軍が来る宛があり内外から挟み撃ちにする、もしくは攻め手側の継戦能力限界を待つことによって勝利を得ます。我が軍も例に漏れず東国征伐では遠征となるため、最初から野戦を捨てて籠城する可能性すらあります。対する我が軍は進軍経路上に存在する支城を奪い物資運搬の中継拠点とし、また並行して海路でも補給線を確立します」

「中々に面白いな。正確な砲撃を支援するためにも例の物が活躍しそうじゃ。しかし、この程度ならばわしも既に立案しておる」

そう言いながら信長は懐から戦略の素案を出して見せる。細かい数値などには落とし込まれていないが、北条を籠城させて攻め落とすという大筋は一致していた。

「それではより確実に籠城を選ばせるべく、支城を落とした際に敗残兵をわざと小田原城方面へと逃がしましょう。敵軍に追われている領民を見捨てるという戦法を北条は取れないでしょうから」

「領民を守るための総構えゆえ、追い立てられる領民が居れば受け入れざるを得ないか。即席としては良くできておる、まずは合格といったところか」

一体何に合格したのか皆目見当がつかない静子だったが、信長が機嫌よく笑っている処を見る限り彼の期待には応えられたのだと判断した。

しかし、何の気まぐれでこのような試験を課したのかが判らない。そんな疑問が表情に出ていたのか、信長は苦笑しつつも内心を明かして見せる。

「この処、我らは局所的な敗北はあれど、大局的には常に勝利しておる。それ故か過去の栄光にしがみついて守りに入る家臣が多くてな、譜代・新参にかかわらずそれぞれに与えた任に対する試験を課しておるのよ」

「上様のご様子を見る限り、合格を頂けた臣はそれほど多くはないのでしょうね」

「ふっ。貴様を含めてすら片手に満たぬわ。わしらは常に『今』を生き、より良い『明日』を勝ち取るための道を模索し続けねばならぬ。人は過去では生きてゆけぬのだからな」

「確かに私はこのところ目立った武功を挙げておりませぬゆえ、ご家中から資質を疑われるのも無理はありませんね」

「貴様は武功こそ挙げてはおらぬが、誰よりも領地を富ませておる。それがひいては我が領の全てを豊かにしているということが見えぬ輩が多いのよ。世継ぎを得た途端に楽隠居を決め込んでいると陰口を叩いておる者すらいるようじゃ」

「楽隠居が許されるのならば、それこそ本望なのですけれど」

「ならぬ。以前にも申し付けたはずじゃ。貴様がわしの許を離れるのはその命が潰える時のみじゃと」

信長とて静子が本気で隠居を考えているなどと思っていない。

ヴィットマンとバルティという苦楽を共にした家族との別れで弱みは見せたものの、その時ですら業務を引き継いだ上で休暇を願いでていた。

何よりも静子は現在の立場を捨てることができない。彼女の本質とも言うべき業《ごう》なのだろう。一度《ひとたび》身内として取り込めば、それらを容易には見捨てられないのだ。

「それに貴様がおらぬと、この世がつまらぬ」

「そのように仰っていただけるのは光栄ですが、上様もゆめゆめ身辺にご留意なさってください。天下人の座は目前ですが、物事はことが成る直前にこそ身近に落とし穴があるものです」

「ふむ。まさか貴様がわしを裏切るというのか？」

「御冗談を。私に王の才はございません。そもそも天下に対して覇を唱えるには、大切なものを抱えすぎておりますゆえ」

「くくっ、判っておる。裏切りを目論む者は、疑われるような素振りを見せぬものよ。だがわしは見てみたいのだ。貴様が天下人となれば、どのような世の中を作るのかをな。無論、わしとて貴様以上に愉快な世を作り上げてみせるがな」

「冗談でもそのようなことを仰らないでください。天下人となるに相応しい人物は上様をおいておられませぬ」

「しかし、この世に絶対はあり得ぬ。もしも、わしが道半ばにして倒れれば貴様はなんとする？」

何処か遠くを見るようにして訊ねる信長に対し、静子は間髪を容《い》れずに答えた。

「まずはそのようなことが起こらぬよう全力を尽くします。それでも尚、力及ばなかった折には必ずや裏切り者の首を墓前に供えてご覧に入れましょう」

千五百七十六年 十月上旬

秋が深まり冬の到来を感じさせる頃、各地から収穫された米が税として集まってきていた。

尾張は言うに及ばず、美濃《みの》や近江《おうみ》なども軒並み豊作となったことから五穀豊穣《ごこくほうじょう》を寿《ことほ》ぐ祭が盛大に催されている。

尾張の平野部に於いては需要が高まり続けている尾張米の作付けを増やしたためか、前年に倍するほどの収量が記録されることとなった。

特に盛り上がりを見せているのが知多半島の住民だ。大量の水を要する田植え時期には用水路が開通していなかったため、収穫量自体は例年並みに留まっているにもかかわらず、豊作だった他地域よりも住民たちは活気づいていた。

なにせ天気任せの雨水頼りだった生活が一変したのだ。降水量の少ない年には水を巡って血が流れることすらあったというのに、澄んだ水が滔々《とうとう》と絶え間なく流れ続ける用水路のお陰で空を見上げて憂える日々は過去になった。

来年こそは豊作に沸き立つ穀倉地帯同様の恩恵にあずかれるという期待が彼らを陽気にさせている。

そんな明るい雰囲気が満ちる中で、静子は頭を悩ませていた。原因は先月に行われた信長との茶室での会談である。

「うーん。先だっての上様のお言葉は、そろそろ大きないくさを始めるから準備しろという意味だよね」

はっきりと言葉にされた訳ではないが、言葉の端々から信長が雌伏の時を終えて雄飛の時を迎えようとしていることが感じ取れた。

静子は近く信長が主要な家臣を集めて開戦を宣言するのではないかと予測していた。そして実際に予測通り彼女の許に召集令状が届いたのは数日後のことだった。


既に準備を終えていた静子は自分の抱えている業務を彩へと引き継ぐと、翌日には配下を率いて安土へと向かった。

道行は順調であり、途中に立ち寄った美濃で信忠が合流したため大所帯となった以外は問題なく安土へと到着した。

安土城下にある別邸へと入った静子は到着を信長に知らせる遣いを出すと、手持無沙汰となったため持て余した時間を有効活用すべく動き出した。

「私以外の家臣たちが到着するまで時間があるから、その間にアルコールストーブと飯盒《はんごう》の実地試験をしよう！」

静子は随伴させている技術者を庭に集めて宣言した。

現在静子領では大量の木酢液が死蔵されている。木酢液は炭焼きをする際に出る排煙を冷却して液化することで副産物として発生し、今までは主に殺菌や虫除け、土壌改良等に使用されていた。

しかし日々生産される供給量に対して需要は少なく、かといって排煙を大気中に放出すれば環境を汚染してしまう。また木酢液として使用するためには長期間の静置が必要となるため、必要となったらすぐに作れるという性質のものではない。

こうした経緯から過剰とも思える量の木酢液が作られ続けてきた。増え続ける貯蔵用の陶製甕《かめ》が倉庫を占有してしまうのが悩みの種になっている。

そこで静子が思いついたのが木酢液を更に加工してメタノールを生成することだった。メタノールは木精（英語ではwood spirit）と呼ばれ木材から生じるアルコール成分である。

飲料用のエタノールとは違い、人体にとって有害だが燃料としては問題なく使用でき、嵩張らない液体燃料の需要はいくらでもある。

そしてその消費先の一つとして挙がったのがアルコールストーブ、判りやすく言うなら携帯用コンロであった。

携帯用とは言え材料は鉄に錫《すず》メッキを施したブリキ製であり、現代のようなアルミ製のそれと比べると相当に重い。

しかし大量の薪を持ち運び、煮炊きの度に一から竈《かまど》を作ることを考えれば、その利便性は計り知れない。

勿論メタノールは揮発性及び引火性の強い劇物であるため、運搬に際しては注意を払う必要があるが、ガラス瓶に詰めた上で木枠に仕切られた箱におが屑と一緒に詰めれば衝撃で割れる可能性も軽減できる。

「燃料支給の際に支給係が大量に吸引しないよう注意しないといけないけれど、そこさえ気を付ければ非常に便利な燃料なんだよ」

メタノールが危険物である以上、一兵士に多く預けるわけにはいかない。使用する都度に取扱の研修を受けた支給係によって支給され、余った分は回収するという使い方となる。

ここまで面倒な真似をしてまで携帯用コンロを導入する理由は、陣中食《じんちゅうしょく》の改善にあった。

いくさ場で口にする陣中食は保存性や携帯性を重視しているため、水分を抜いた上に塩蔵しているものが多く、お世辞にも美味しいものとは言えない。

煮炊きをする余裕があれば温かい食事を口にすることができるが、炊事の煙を見られることすら憚《はばか》られる状況では生食が可能な陣中食を無理やり水で流し込むという光景が繰り広げられる。

静子軍では現代で言う処のアルファ米を用いた陣中食も存在する。これは普通に炊き上げたご飯を水洗いし、オーブンや石窯で水分を飛ばすか、もしくは天日干しでカラカラになるまで乾燥させたものである。

これは言わばレトルト食品のようなもので、水に浸ければ数十分程度で元の炊いた飯となるため、お湯が使えれば味噌玉などを溶いて戻せば温かい粥として食べることが可能だ。

しかし、お湯を沸かせない場合は水で戻すしかなく、その場合は冷たい粥を啜《すす》る羽目になる。

他国の軍とは比べ物にならない程のバリエーションを誇る静子軍の陣中食ではあるが、それでも調理したての温かい食事には遠く及ばない。

静子の持論として『いくさは旨い物を腹いっぱい食べている方が勝つ』というものがあり、カロリーや栄養価だけに偏りがちな陣中食の改良に余念がない。

とは言え行軍中の炊事はもうもうと煙が立ち上るため、軍の存在を容易に察知されてしまう。

そこで煙を出さずに調理できる道具が必要となった。

たかが煙と侮ることなかれ、炊事の煙によって敵軍の規模がどの程度であるかや、行軍予定までをも見抜かれることとすらあるのだ。敵に与える情報は少なければ少ないに越したことはない。

ここでアルコールランプを思い浮かべて頂ければ判り易いのだが、燃料用アルコールは燃焼時にほとんど煤《すす》を出さない。製品にも依《よ》るが燃料用アルコールはエタノール３割に対してメタノールを7割程度混合している物が多い。

メタノールの割合を増やす程に煤は少なくなるため、静子が開発している携帯用コンロは殆ど排煙を生じない炊事キットということになる。

「なかなか面白いことをしておるな。しかし、湯気は変わらず立ち上っておるぞ？」

「外気温と水温に差があるから湯気が出るのは仕方ないよ。湯気は水蒸気が冷えて水滴になることで白く見えるの、拡散するにつれて水蒸気に戻るからすぐに見えなくなるよ。それに湯気が視認できるほどの距離まで近づかれたら、隠蔽なんてできっこないんだし……って」

背後から投げかけられた疑問の声に反論しつつ、せっかく盛り上がっている処へ水を差すのは誰だと振り返った。

声の主が視界に入った途端に静子の声は尻すぼみに小さくなった。悪戯《いたずら》が成功した悪ガキのような表情で佇《たたず》んでいたのは本来ここに居るはずのない人物であった。

「う、上様！　いつこちらへ？」

「何、貴様が到着の遣いを寄越したゆえ、直接出向いたまでのこと」

狼狽《ろうばい》した静子の言葉で、臨席している人物が信長と理解した技術者たちが急いで平伏した。

「わしには構わずとも良い。其の方らは己の為すべきことを為せ」

想定外の信長臨席という事態に固まっていた技術者たちだが、他ならぬ信長自身からの指示を受けて作業を再開した。

静子は信長の行動に文句を言っても仕方ないと諦め、小姓たちに床几《しょうぎ》を二脚持ってくるよう命じた。

信長は用意された床几にどっかりと腰を下ろすと、静子にも隣に座るよう促す。

「近頃は畑にも出ておらぬそうじゃな」

「はい。私が居らずとも皆が世話できるようになりましたので、他のことに取り掛かっております」

「ほう！　山の中に溜池を作って魚を飼い始めたのもその一環か？」

「ティラピアのことをご存知だったのですか？　まだ上様に献上できる程の仕上がりではありませんが、後程お持ちいたします」

「ふむ。催促したつもりはないのだが、用意すると言うのなら頂こう」

割と露骨に話題を振られた気がしたが、そこは言わぬが花というものだろう。静子は小姓たちに声を掛けると、ティラピア料理を作るよう厨房へと連絡させる。

信長が指摘したように近頃静子は養殖業に精を出していた。穀類や野菜は供給が安定し、養鶏及び養豚、養牛や狩猟による獣肉も市場に流通し、たんぱく質も取れるようになっている。

しかしコスト面からどうしても肉食は高価になりがちであり、もっと安価で安定したたんぱく質の供給を目指してティラピアの養殖に着手したのだ。

「しかし方々手を尽くして様々な魚を仕入れておるようじゃが、わしに出すのは一種のみか？」

「理由は色々ございますが、ティラピアは調理法に目処が立ちましたゆえ、上様に召し上がっていただけると判断しました。魚肉の安定供給を目指すのが目的ですから、一種だけに頼れば病気が流行した際に代替することができませぬ。私が仕入れている種はいずれも生命力が強く、少々の悪環境など物ともせずに繁殖いたします。いずれ私の手を離れ、民たちの手で育てるというのに繊細な世話が必須では話になりません」

「なるほど、貴様は米と同様に民たちの手で己の食生活を改善させようと企んでおるのじゃな」

「ただ本来この地に住まう生物ではないため、在来種と縄張り争いをしたり、生態系を塗り替えたりする恐れがあります。現在は隔絶した環境で養殖することで回避していますが、いずれ民の手に委ねるまでに何らかの対処が必要でしょう」

　養殖し易いということは食肉供給の面からは好ましい。半面一度世に放ってしまえば取り返しがつかないことをも意味する。

　実際にティラピアは世界各地で生態系を破壊する侵略的外来種としても認識されている。現代日本に於いてもティラピア類が定着したがために、生態系が崩れて他の種が住めなくなった環境が確認されている。

そこで静子は溜池を中心とした閉じた環境を構築し、そこで養殖を行うようにしていた。溜池周辺にウサギ小屋や鶏小屋も併設し、彼らの糞や食べ残しによって溜池のプランクトンが育つ仕組みだ。

問題は溜池の性質上、長く水が滞留するため水質が悪くなることにある。ティラピアはそれでも問題なく育つのだが、こうして養殖したティラピアは身に悪臭を宿す。

そのため、定期的に河川から新たな水を引き入れ、また濁った水は沈殿槽を経て上澄みのみを排出することで水質を保つようにしている。

本来予定していたのは在来種である鯉の養殖だったのだが、これは予想外の要因で失敗した。食用目的で養殖を推奨したのだが、山岳部の民たちは育てた鯉を売却し、その収入で他の食料を買うという道を選択した。

ティラピアは日ノ本では食用とされていないため、現在の処需要が全くないが、鯉は古くから食用とされてきたためそれなりの価格で取引されるのだ。

鯉の売買を禁止することは簡単だが、曲がりなりにも改善した食生活を戻すのでは本末転倒になってしまう。

そこで次の手としてティラピアの養殖に着手したのだ。こちらは欲しがる人がいないため値段がつかず、食用にする以外に利用法がない。

「貴様が選んだ魚ならば味の方も期待できよう。それに他にも魚を集めておるところを見るに、貴人が食すに相応しいものも考えておろう？」

「ご賢察、恐れ入ります」

「『転ばぬ先の杖』か、貴様は常に用意周到に準備をするのが売りじゃからな。そちらも見せてみよ」

「確かに入手はしておりますが、まだ数を増やす段階ですからお出しすることが叶いませぬ。採卵した折に改めてご連絡差し上げますので、ご容赦下さいませ」

信長の指摘通り、静子はティラピアの他に南国系のサバヒーや、東北沿岸に生息しているチョウザメを捕獲して養殖をしようと試みていた。

いずれも尾張とは生息域が異なるため、この地で養殖できるかどうかは地道に試すよりほかはない。

チョウザメと言えばその卵の塩漬けであるキャビアが有名だが、実は魚肉の方も高級食材に分類される程の味を持っている。

中国ではカラチョウザメを鰉《こう》（皇帝の魚）と呼び、皇帝の食卓に載せられる食材として珍重された。ヨーロッパでもロイヤルフィッシュと呼ばれ、戴冠式や王侯の主催する宴に於いてチョウザメ料理が供される程であった。

一方キャビアを重要視していたのはロシアのみであり、ほんの一世紀も遡るだけでアメリカやフランスに於いては釣り餌に使われることが多かった。

このように見向きもされていなかったキャビアを高級食材だと世に知らしめたのは、1917年の二月革命に於いてロシアからフランスへ集団移住したロシア貴族たちだ。

彼らはフランスにキャビアの製法を持ち込み、フランスの貴族たちの間で人気を博すと、極上の食材として世界中で珍重されるようになる。

チョウザメと言えばベルーガ種が有名だが、種は異なれど日本にも固有種のチョウザメが存在していた。しかし、二十一世紀に於いては環境省のレッドリストに『絶滅種』として指定されている。

日本の歴史上に初めてチョウザメが登場するのは、1717年に松前《まつまえ》藩が『菊とじ鮫』として幕府に献上した記録となる。

それ以降、明治時代末期ごろまでチョウザメは夏の魚として市場を賑わしていた。しかし相次ぐ河川改修やキャビア人気による乱獲によって見る見る数を減らし、昭和の時代に入ると日本のチョウザメは絶滅してしまっていた。

静子も現代に於いて日本のチョウザメを見たことはなかったが、人の手が入っていない戦国時代ならば手に入るのではと考えた。

しかし、発案者の静子にしてもチョウザメに関する詳しい知識など持ち得ておらず、現在は試行錯誤を繰り返している段階だ。

現状判っているのは水を清潔に保つ必要があること、水温は15度から20度ぐらいで最も活発になること、餌は小さくしなければ食べないこと、どうやら視力が弱いらしく匂いの弱い餌には食いつかないことなどだ。

ティラピアに比べれば飼育が難しい上に、手間暇をかけて環境を整えてやらなければすぐに弱ってしまう。

とてもではないが庶民の口に入る値段で市場に出回ることはないが、これは高級品路線として育てていける事業だと考えて奮戦している。

「ふむ。ではその幸運が訪れる日を楽しみに待つとしよう」

静子の苦労を知ってか知らずか、信長は楽しそうに笑っていた。

信長の召集より一週間ほどが経つと、主要な家臣団は安土へ集結していた。

織田家からは信包《のぶかね》や長益《ながます》といった信長の兄弟に始まり、後継者である信忠、その兄弟である信《のぶ》雄《かつ》、信孝が続く。

今や筆頭家臣との呼び名も高い柴田勝家《しばたかついえ》に始まり池田恒興《いけだつねおき》、滝川一益《たきがわかずます》、丹羽長秀《にわながひで》、羽柴秀吉、明智光秀、前田利家《まえだとしいえ》、佐々成政《さっさなりまさ》、不破光治《ふわみつはる》、林秀貞《はやしひでさだ》、佐久間信盛《さくまのぶもり》、金森長近《かなもりながちか》、川尻秀隆《かわじりひでたか》など錚々《そうそう》たる面々が集まっていた。

静子の位置からは見えないが、他にも多くの武将が集まっているため大広間が狭く感じるほどだった。

（胃が痛い）

そんな大広間の中でも一段高い位置に静子は座していた。隣に並ぶ者はなく、更に一段高い位置には信長が座しているという状況だ。

つまりは信長の次の位置に座り、他の家臣達を睥睨《へいげい》しつつ相対している。

（私がどの派閥にも属していないからとは言え、これは中々の重圧……。あの時上様がわざわざ足を運んだのはこのためだったのか……）

静子の別邸に信長が直接赴《おもむ》いたのは、静子の生活ぶりを視察するためでもあったが、本来の目的として静子に軍議の進行役を命じるためであった。

通常ならば信長が軍議を進行するのだが、ここにきて静子を抜擢《ばってき》した背景には、家臣達の間で繰り広げられる権力闘争が激しくなってきていることがある。

そんな折に配下を集結して大号令を下すとなれば、軍議の席次すら争いの種となりかねない。そこで信長は一計を案じ、それ以上のインパクトを以て皆の度肝を抜いてみせた。

静子は織田家相談役という仰々しい役目を担っているが、これは今まで有名無実の名誉職と見做されていた。そこで信長は文字通り織田家の長に対する相談を担う役職であり、信長の意見を公の場で皆に伝えるという権威付けを行うことにした。

「皆の者、遠路をおしてよくぞ参った」

信長が発した一言で場に張り詰めた空気が漂う。彼の一言一句を聞き逃すまいと、皆が信長の言葉に集中していた。

全員の意識が己に向いていることを把握した信長は、静かに、しかし力強く言葉を発した。

「ついに時は満ちた」

その言葉が意味する処を皆は漠然と察していた。遂に始まるのだと興奮を隠せずにいる家臣を前に信長は立ち上がった。

「日ノ本には未だ我らと天下を二分する者がいると人々は噂しておるようだ」

信長はふてぶてしい笑みを浮かべると、それは間違いだと言わんばかりに首を振って見せる。

全く嘆かわしい、世の道理を弁えておらぬ愚物はこれだから困ると言わんばかりの所作に、皆が引き込まれていた。

「今川《いまがわ》に本願寺、天下無敵と称された武田すらも我らは破ってきた。その度に『織田の天下もこれまでよ』と言われながら、都度それを覆してみせた！」

そう言うと信長は息を呑《の》む家臣達をぐるりと見回した。

「奴らの敗因は唯一つ。等しく天下を担う器足り得なかったのだ。準備を怠り、天意が訪れる機を待てなかった。翻ってわしは雌伏の時を耐え、ついに天下に号する時を迎えた！　武田？　北条？　何するものぞ！　毛利《もうり》とて恐るるに足らぬ！　我らに並ぶものなど居ないということを天下万民に知らしめるのだ！」

緩急をつけ、抑揚の効いた信長の言葉は家臣達に大攻勢が始まることを深く印象付けた。

そして日ノ本東西の雄と称される古豪とて相手にならぬと断じることで、皆の戦意を駆り立てる。

「皆には、わしの前に立ち塞がらんとする敵の一掃を命じる。これより織田家相談役が陣容を伝える、各々心して聞くが良い」

「はっ！」

信長から進行を引き継いだ静子は、巻物を手にして立ち上がった。壇上から見下ろす静子には殺気立った家臣達の視線が集中する。

今から静子が口にする布陣如何によって、己の命運が大きく左右されるであろうことを既に皆は理解していた。

柴田達重臣は勿論、末席に至るまでの武人たちが発する熱気を前に、今までの静子であったならば腰が引けていたことだろう。

しかしヴィットマンとバルティという身近な家族の死が、彼女にこの地で生き抜く覚悟を決めさせた。

「今より皆様にお伝えする内容は上様もご承知であり、私の言葉は上様の言葉に等しいことをご了承下さい」

今や静子を侮る者は少数派だが、それでも根強く女性蔑視の風潮は存在する。

己の生死すら左右する陣立てを、女の口から告げられることに反感を抱く者に対して念を押した形だ。

そう言って静子が居並ぶ家臣を見回すと、口惜しそうに面《おもて》を伏せる者がちらほらと見受けられた。

『喉元過ぎれば熱さを忘れる』の諺《ことわざ》通り、どれほどの功績を挙げようとも過ぎたことは忘れ去られ、自分でもできると嘯《うそぶ》く輩が現れるのは世の常だ。

そしてその傾向は血気逸る年若い者に多く見られる。

「それでは今から名を呼ばれた方は、私の前へとお集まり下さい」

そう言って静子が巻物の封を切って広げると、皆が固唾を呑んで静子の言葉を待った。

千五百七十六年　十月中旬

静子は居並ぶ面々が自分を注視していることを理解し、その上で声の強弱を殊更意識して言葉を発する。

「東国征伐総大将、織田勘九郎《かんくろう》様」

「おう！」

名を呼ばれた信忠がすっくと立ちあがり、悠然とした足取りで大将の席へと向かった。その振る舞いからは、一敗地に塗《まみ》れたという気おくれは感じられなかった。

彼の表情には覇気が漲《みなぎ》り、自分の勝利をまるで疑っていないように見えた。そしてそれは虚勢などではなく、実力に裏打ちされた自負が窺える。

「次こそはなに偽ることなく、その名を呼ばせてみせよう」

「心待ちにしております」

静子の傍を通る際に、信忠は彼女だけに聞こえるよう呟《つぶや》いた。それに対する静子は表情こそ動かさないものの、声に期待を滲《にじ》ませつつ返す。

静子が公の場以外で、信忠のことを「奇妙《きみよう》」の名で呼んでいることは公然の秘密である。これは静子が信忠を侮っているからではなく、信忠自身の希望に依るものだ。

当初は信忠の元服を契機に、静子も呼び名を「勘九郎様」や「若様」と改めた。

これに対して信忠は慙愧《ざんき》に堪《た》えない（己の行いを恥じる等の意味）といった表情を浮かべて、静子に申し入れた。

「織田家の次期当主を継ぐに相応しい武功を挙げておらぬ俺が、織田家隆盛の立役者たる静子にその名で呼ばれる資格はない。俺が誰に恥じることのない武功を立てるまで、今まで通り奇妙と呼んでくれ」

「元服を終えた貴方《あなた》を幼名で呼ぶことは礼を欠いております。余人が耳にすれば貴方が侮られることにもなりかねません」

「それは承知の上だ。無論公の場に於いてはこの限りではないが、それ以外では己が半人前であるという戒《いまし》めとしたいのだ。我ながらつまらぬ意地を張っているとは思うが、ここを曲げれば俺は生涯静子と対等になれぬ」

「どうしても譲れないと仰るのですね？　ならば上様をご説得下さい。上様がお許しになるのなら従いましょう」

「よし、言質《げんち》を取ったからな！　これに関しては静子よりも父上を説得する方が容易《たやす》い！」

このようなやり取りの後、信忠は信長に前述の内容に関する許しを願った。

信長は信忠の真っすぐさと融通の利かなさに己の若い頃を思い出し面映《おもは》ゆくなったが、同じ男として信忠の心情を汲《く》み、許可を出した。

あえて信忠の瑕疵を晒すことで、面従腹背《めんじゅうふくはい》の臣を洗い出せるとの思惑もあった。

「滝川彦右衛門《ひこえもん》様。引き続き勘九郎様麾下《きか》にて東国征伐の補佐を任じます」

「承知！」

「羽柴様。引き続き西国《さいごく》は播磨征伐の総大将に任じます」

「謹《つつし》んで承《うけたまわ》る！」

滝川一益は引き続き信忠の麾下に組み込まれ、東国征伐の要を担うこととなる。今回の東国征伐では総大将の布陣が従来とかけ離れた配置となるため、滝川の担う役割は大きい。

また秀吉に関しては播磨征伐から外されるのではという噂が出ていたのだが、継続の命《めい》を耳にした瞬間胸をなでおろした。しかし、浮かれてばかりはおられず、ここでの働き如何で進退が左右されることを理解し、神妙に返事をすることとなった。

「明智惟任日向守《これとうひゅうがのかみ》様。同じく西国の抑えとして丹波《たんば》征伐の総大将に任じます」

「拝命いたす」

秀吉に続き、光秀も西国への睨みとして留任することとなった。尤も光秀の場合、既に丹波を手中に収めつつあるため不安はなく、ここで頭を挿《す》げ替えるような真似をすれば現場が混乱するための続投だ。

秀吉同様に光秀も波多野《はたの》氏や赤井氏による激しい抵抗を受けたのだが、光秀はこれをいなした上で痛撃を与えてすらいた。光秀と秀吉の対応で明暗を分けた原因は、それぞれの部隊運用にあった。

秀吉が静子軍から派遣された新式銃の部隊や、狙撃部隊を遊撃的に用いたのに対し、光秀は正規軍として再編成したのだ。

これによって光秀軍は新式銃の長射程を活かし、会敵した敵軍の出鼻を挫《くじ》いたり、劣勢の軍への援護射撃をさせたりと効果的に運用してみせた。

勿論新式銃部隊は目覚ましい成果をあげる半面、光秀軍のほとんどを構成する歩兵部隊は活躍の機会を奪われることとなる。しかし、光秀はこれを論功行賞の基準を変えることによって不満が発生しないように差配した。

直接敵の首級をあげることが手柄とするのではなく、如何に光秀の指示を遅滞なく遂行できたかによって評価が変わるのだ。

つまり新式銃部隊の弱点である防御力を補うため、敵の横撃を防ぐ時間を稼ぐだけでも成果と見做されるのだ。

殆どの兵にとって手柄とは報酬の多寡《たか》を左右するため必死になるのであって、安全に報酬が貰えるのであればわざわざ命がけの斬り合いをしたいものはいない。

あくまでも従来の評価基準に拘った秀吉と、新しい兵器の登場に柔軟に対応した評価制度を構築できた光秀とで、適応力の差が顕在化《けんざい》したと言える。

その後も粛々と布陣の伝達が続けられる。

「神戸三七郎《かんべさんしちろう》様。雑賀衆の残党を追撃及び、石山本願寺から退去する人々を雑賀荘《さいかのしょう》もしくは十ヶ郷《じっかごう》まで送り届ける役目を任じます」

「承知。相談役殿、少し質問をしても良いだろうか？」

名を呼ばれた信孝は承諾の後、静子へ質問の許可を求めた。静子は信長を窺うが、彼は無言で頷いて静子に答えるよう促す。

「構いません。伺いましょう」

「では。託された任に異を唱える訳ではないが、雑賀衆の残党を追撃する意図が摑めませぬ。既に武装勢力としての雑賀は死に体となっておりまする。わざわざ追撃など掛けずとも面倒ごとを嫌う身内に狩られましょう。それを押してでも討伐せねばならぬ理由があるのならお聞かせ願いたく存ずる」

「ご賢察の通り雑賀の残党狩りは建前でしかありません。真なる狙いは上様に反旗を翻さんとする輩の喉元へ刃を突き付けることにあります」

「……なるほど。承知仕《つかまつ》った」

暫し瞑目していた信孝だが、明言を避ける静子の言葉と織田家を取り巻く情勢から信長の狙いに気付いた。

雑賀の残党狩りは兵を送る名目に過ぎず、本丸は紀州《きしゅう》の平定にあるのだと察する。しかし、静子があえて明言を避ける以上は秘するに足る理由があると考え、己も沈黙を選んだ。

史実に於ける紀州征伐とは、天正五年（１５７７年）に信長が行った雑賀攻めと、同十三年の秀吉による紀伊侵攻を指す。

何故、信長だけではなく名実ともに天下人となった秀吉までもが紀伊を攻めたのかと言えば、紀伊に住まう人々に根付いた思想・信条が幕府による中央集権を目指す彼らの思想と真っ向から対立したためだ。

紀伊では一揆や寺社勢力による民の団結を以て、武家に反駁《はんばく》するという考えが強い。この服《まつろ》わぬ（帰順しない）思想を放置すれば、再び周辺国へと伝播し天下を揺るがす規模の一揆となって牙を剝く。

目指す理想が相容れぬ水と油である以上、どちらかが滅ぶまで対立がやむことはないのだ。

そして信孝に課せられた使命は、紀伊の民たちへ「我らはお前たちの存在を見逃す気はないぞ」、「従わぬのならば武を以て平らげる」という意思を伝えることにあった。

これは正規軍による敗残兵の掃討という楽な仕事ではない。どのような局面に於いても一切の敗北が許されないという重要な任務であった。

「丹羽様。神戸様の麾下として、雑賀衆討伐の補佐をお願いします」

「心得た！」

この時点で名を呼ばれなかった譜代の臣は顔色を青くしていた。何故ならば既に方面軍として地方安堵の任を担っている数名を除けば、武家の最後の見せ場に参ずる資格がないと断ぜられたに等しいからだ。

「次に北条征伐の総大将、柴田様」

「応！」

割れ鐘のような蛮声をあげて柴田が立ち上がった。近くにいる者は皆がその大声に眉を顰《ひそ》めるものの、不平を述べる者は一人としていなかった。

野生の猛獣もかくやという気炎を立ち上らせる柴田の気迫に気圧《けお》されたというのもあるが、少しでも目端の利く者ならば、実質的な東国の支配者である北条征伐の総大将に柴田が任じられた理由を知る。

東国征伐と嘯くものの、武田がかつての勢いを失っている以上、その最大目標は北条征伐に据えられる。

すなわち、東国征伐自体を指揮する信忠を除けば、柴田が家臣の中で筆頭となったことを示す人事であった。

彼もそれを理解しているからこそ奮い立ち、堂々たる足取りで総大将の座へと進む。

「佐々様並びに、前田様は引き続き柴田様の麾下として補佐を願います」

ここで一拍を置いてから、静子が言葉を発する。

「東国征伐を確たるものとするため、佐久間様並びに林様には東北の抑えをお願いします」

そう言いつつも静子は、林秀貞にいくさ働きはできないだろうと考える。既に四十を過ぎた信長よりも更に二十歳も年上であり、老境へと至った彼がいくさ場に立てるかは疑問だからだ。

半面、林は政治活動に於いて多くの功績を残している。故に東北に巣食う野心家どもを御せると信長が期待したのではないかと推測した。

更に実際に荒事が起きた際の保険として、武力を担うべく佐久間を補佐に据えたのだろう。

（いずれにしても佐久間様には左遷人事になるのかな？）

本来の任国であった大坂《おおさか》を追われ、「みちのく」へと通ずる東北へと向かわせられるのだ。

本願寺を抑えきれなかったことに対する懲罰的な意味合いが込められているのであろうが、本人にとっては到底納得のゆく沙汰ではなかったのだろう。

（たとえ東国征伐の間、見事東北を抑えきったとしても与えられるのは東国に隣接する地となる

だろう）

織田家内の力学に無頓着だった静子ですらここまで理解が及ぶのだ。佐久間は己の置かれた立場を十二分に理解していた。

その証拠に佐久間の顔色は蠟のように白く、まるで瘧《おこり》にでも罹《かか》ったかのように小刻みに震えている。

静子としては知らぬ間柄ではないだけに哀れにも思うが、信長が考え抜いた末に決定したことだけに覆しようがない。

流石の静子とて、無理筋をおしてまで彼を救うだけの理由がなかった。

「主要な陣容は以上となります。これ以降はそれぞれの総大将配下となる方々を呼んで参ります。なお従来通り後方支援及び兵站《へいたん》は我が軍が担います。それぞれの軍勢ごとに窓口となる者を配しますゆえ、ご承知おきくださいますようお願いします。では、織田勘九郎様の配下として――」

主要な人事の通達は終わったが、これで全てが終わった訳ではない。むしろ自分が誰を大将と仰ぐのかを戦々恐々としながら見守る者が大勢居る。

静子は大きく息を吸い込むと、再び記された名前を読み上げ始めた。

一刻（二時間）以上にも及ぶ軍議を終えた静子は、這《ほ》う這《ほ》うの体《てい》で安土の別邸へと帰宅した。

「疲れた……喉がガラガラだよ」

掛布団が取り払われた掘り炬燵《ごたつ》の天板に突っ伏した静子は、煮過ぎた餅がデロリと溶けるかのように脱力しきっていた。

尾張の本宅とは異なり、別邸には温泉がないため風呂に入りたければ湯を沸かす必要があるのだが、帰宅時間が判然としなかったため前もって指示が出せずにいた。

静子の帰宅を迎えた家人たちが湯を沸かしてくれてはいるが、無駄に大きな別邸の風呂を湯で満たすには今暫く時間が必要だろう。

「軍議は終わったから、上様の許しを頂いてから京に赴き、義父《ちち》上と本願寺の始末について打ち合わせ。それが済めば尾張へと帰れるんだけど坂本《さかもと》と今浜に立ち寄らなければならないのが難儀だなあ」

静子軍は遊撃隊的な位置づけであることと兵站を担うため、他の武将よりも自由に動き回ることができる。

それ故に、軍勢を伴って各地へ移動する際にも、現地の領主に最大限の便宜を図って貰える特権が与えられている。

この特権は後ろ暗いところのない者にとってはむしろ恩恵となることが多い。何せ軍隊というのは存在するだけで金を食う。

大所帯の静子軍が移動すれば相応の金が領地に落とされることとなる。更には治水や道普請《ぶしん》などの相談にも乗って貰えるとなれば諸手をあげて歓迎するというのも頷ける。

それ故に少しでも金が欲しい秀吉の治める今浜と、静子の知恵を借りたいという光秀が治める坂本へは立ち寄らないという選択肢を選べないのだ。

「うーん……ん？」

いつまでも呆けてはいられないと起き上がって伸びをしていると、遠くからドスドスと荒々しい足音が聞こえてくる。

その音は真っすぐこちらへ向かってきており、以前にもこんなことがあったなあと思っていると勢いよく襖が開いた。

「静子！　これは一体どういうことだ!?」

襖を破壊せんばかりの勢いで開け放ったのは、静子が思い描いた通り長可であった。

彼は大股で静子に歩み寄ると、彼女の肩に両手を置いて激しく揺さぶった。

「天下を左右する大一番だと言うのに、俺たちは後方支援に専念するというのはどういうことだ！」

「おちおちおち……落ち着いて！　目が回って喋れない……」

がっくんがっくんと静子の頭が大きく前後に揺れるため、静子は既に吐き気を堪《こら》えるので精一杯となり、必然的に彼女の言葉は弱弱しくなって長可に届かない。

これは盛大に反吐《へど》をぶちまけるかも知れないなと、何処か他人事のように思い始めたその時、唐突に静子は激しい往復運動から解放された。

そのままずるずるとへたり込むように身を横たえる静子の体を支え起こす者がいた。静子を支えるのと逆側の手で槍の穂先付近を掴んだまま鋭い視線を投げかけているのは才蔵であった。

「おい！　危ないだろうが！」

「問答無用！　静子様に危害を加えるとは慮外者が！　そこに直れ、そっ首落としてくれよう」

才蔵は壊れ物を扱うかのように、未だに目を回している静子を己の背後に庇うと、板の間を突き破った石突を引き戻しつつ逆側の穂先を長可に突き付ける。

流石の長可も無手のままで才蔵の槍を捌けるはずもなく、自分を救える人物である静子へと視線を向けた。

しかし、肝心の静子は床下にまで貫通した大穴を見つめて黄昏《たそがれ》ており、新築の別邸なのになあと場違いなことを考えていた。

「ふう……助かったよ才蔵さん。私は大丈夫だし、勝蔵君も悪気があった訳じゃないから、ここは私に免じて矛を収めて貰えないかな？」

「静子様がそう仰るのならば否やはござらん」

油断なく殺気を放ちつつ長可を睨み続ける才蔵に、静子がそう執《と》り成《な》すと才蔵はあっさりと刃を引いた。

才蔵は懐から革製の穂鞘を取り出して槍に被せると、己のすぐ隣へと立てかけた。

目前にまで迫っていた死の象徴から解放された長可は、大きく息を吐きだした。

場が落ち着いたのを見計らって、含み笑いの慶次と、台所の不快蟲を見るかのような氷点下の視線を向けてくる足満、どういう態度を取れば良いのか決めかねている高虎《たかとら》、能面の小面《こおもて》のように張り付いた笑みを湛《たた》える真田昌幸《さなだまさゆき》が室内へと入る。

「既に到着していたなら勝蔵君を止めて欲しかったたな」

「今後の方針を伝えるって聞いてたからな。全員で揃ってから来ようと集合してたんだが、勝蔵が先走ったみたいだな」

「おい、見ていたなら止めろよ！　俺は危うく串刺しにされる処だったんだぞ！」

「ふん。慶次が止めておらねば、才蔵ではなくわしがその首を刎《は》ねておったわ！」

苦笑しながら事情を話す慶次に食って掛かった長可だが、これでも配慮されていたという事実に背筋が寒くなった。

「はいはい、じゃれ合いはそこまで。全員集まってくれるかな？　勝蔵君への説明も含めて、皆には色々と伝えたいことがあるから」

静子が軽く手を叩きながら全員に声を掛けると、静子の斜め後方にて左右に陣取った足満と才蔵以外は、各々が適当な場所に胡坐《あぐら》をかいた。

　全員が話を聞く態勢になったのを確認した静子は、懐から数枚の書類を取り出しながら口を開く。

「事前に説明できなかったから勝蔵君が早合点《はやがてん》しそうだとは思っていたんだけれど、直接私に直談判しに来るとは思わなかったなあ。勝蔵君、怒らないから正直に言ってね？　今回の後方支援について揶揄《からか》ってきた人と喧嘩した？」

「む……ああ。二度とはないであろう大一番で、留守番に甘んじるとは不甲斐《ふがい》ないと言われたんだ！　売られた喧嘩は買うしかあるまい！」

「う〜ん、やっぱり言葉が足りなかったみたいね。後方支援を我が軍が担うとは言ったけれど、全軍で当たるとは言ってないんだよ」

「え？　あ！　そういうことか！」

　静子の言葉に頓狂《とんきょう》な声を発した長可だが、すぐに得心がいったのか己の膝を叩いた。

　はじめから静子は全軍で以て後方支援に回るとは言っていない。今までにも自軍を幾つかに分割し、織田家内の各軍に派遣したり、兵站を維持するための別動隊としたりと有機的に運用している。

　つまりは静子が直接率いる部隊が後方支援を担うというだけで、長可のような戦闘にこそ適性を発揮する人材を燻《くすぶ》らせておく必要はない。

「直情的な勝蔵君辺りは早合点しそうだなとは思ったんだけれど、軍議の準備で忙殺されていて後回しにしちゃった」

「おい！」

「過ぎたことはともかく、勝蔵君も気付いたように私が率いる本隊は後方支援に専念します。ただ、個人の武勇を示せる大きないくさは今後少なくなるでしょう。これに皆を巻き込む気はありません」

軍議の場で冒頭に信長が述べたように、織田家はこれより日ノ本全土の敵対勢力に対していくさを仕掛ける。

手始めに東の武田と北条、西では紀伊勢力と毛利にぶつかる二正面作戦となる。そうなれば長可のような勇猛な武将を遊ばせておくような余裕はなくなる。

そして緒戦を制してしまえば、東西の巨大勢力を併呑《へいどん》した織田家に対し、真正面から歯向かえる勢力は海を隔てた九州勢ぐらいとなる。

戦火がそこまで及ぶ頃には、個人の武勇がいくさの行く末を左右するような戦闘は鳴りを潜め、統制された群による数の暴力が全てを支配するようになるだろう。

己の生涯を武に捧げた武士《もののふ》には、悔いの残らないよう存分に本懐を遂げて欲しいと静子は思っていた。

「できる限り皆の希望に沿うつもりだよ」

「そうさな、俺は面白いいくさ場で戦いたい」

真っ先に慶次が名乗りを上げた。実に慶次らしいと静子は思う。

勝ち負けが容易には見えない面白そうないくさ場であるなら何処でも良いのだ。

いくさ場に立つ以上、勝敗は兵家の常である。負ければ己の命を失うが、命を賭《と》して何かを成し遂げることこそが彼の願うところであろう。

「それなら上杉家への援軍という体《てい》で、お家騒動を鎮めてきて貰おうかな。これは敵地で相手の懐に飛び込むだけに、何が起こるか判らないし、外部からの干渉があれば上杉家といえども万が一があり得《う》るからね」

「そいつは上々。お家騒動に余所者《よそ》が首を突っ込むんだ、厄介がられもするだろう。だからこそ面白い！」

「まあ、越後《えちご》へ向かうには一つ条件があるんだけれどね」

「条件？」

「それについては尾張に戻ってから話すよ。流石の慶次さんでも想像できない愉快な話になると思う」

珍しく挑発的な静子の物言いに、慶次はニヤリと笑みを浮かべて了承する。次に静子は長可へと視線を向けた。

「勝蔵君はどうしたい？」

「俺は武田だ！　前回の雪辱を晴らさねばならん。今度こそ武田をぶっ飛ばしてやるぜ！」

「そう言うと思ってた。上様も『武田を徹底的に潰せ』と仰せだし、突破力に定評のある君が適任かな？」

静子が信長より任された任務は後方支援だが、それ以外にも幾つか課題を与えられていた。その内の一つが武田に対する殲滅《せんめつ》戦である。

衰えたといえども武田は未だに日ノ本の武を象徴している。つまり武田が存在している限り、その武の名の下に集う者が現れ続け、いつになっても織田家が武士の頭領を名乗ることができない。

ゆえにこそ武田の武を真正面から打ち砕く必要があった。疑問を差し挟む余地のない、圧倒的な勝利が求められるのだ。

徹底的にやるのであれば悪目立ちする長可は適任と言えた。良くも悪くも人々の耳目を惹き付ける長可軍が活躍すれば、『無敵の武田軍』という幻想を打ち砕くことも可能であろう。

ただし、不安がないわけではない。

「何の不安があるって言うんだ！　引き籠りの武田軍なんざ、俺が引きずり出してとどめを刺してやるよ」

「君と君が率いる軍は、軍規違反が多いっていう苦情が私に来ているんだよね。上様が直々にお咎《とが》めなしとされているから皆が黙っているけれど、良くは思われていないからね？」

「しかし、目の前に勝機が転がっているのに足並みが揃うのを待っていたんじゃ出遅れちまう！」

「君の気持ちは、判らなくもないけれどね」

静子も勝利を目前にしながら、身内で手柄を争って機を逸してしまうのは馬鹿らしいと思っている。しかし同時に武士というものが武を商品としている以上、誰が手柄を立てるのかというのが最重要課題となるのも理解していた。

とは言え、まずは勝利せねば話にならないのだから、長可がなりふり構わず勝利を掴むことを優先するというのも一理あるのだ。

そして究極的には軍規違反を犯しても結果を出し続けている長可を信長が認めている。軍規違反をした分、手柄が相殺されているため諸将もそれ以上強くは言えない。

「私と一緒に行動している時には、問題になるほどの軍規違反をしないよね？」

静子は長可が軍規違反を起こす現場を見たことがなかった。いつも他者からの報告という形で、苦情が届くのだ。

その都度、裏を取っているので多かれ少なかれ問題行動を起こしているのは確かだ。しかし、全ての苦情が真実という訳でもなかった。

命令伝達の齟齬《そご》（食い違い）による誤解や、長可を陥《おとし》れんとした虚偽の報告もあった。

「そりゃ……な」

死にたくはないし、と長可は心の中でつけ足していた。

千五百七十六年　十月中旬　二

「今回の武田攻めについては上様からのお許しが出ているから、手加減なしで暴れて良いけど……程々にね？」

「恨みを残すようなヘマしないから安心しろって」

不穏過ぎる物言いに安心できる要素がむしろ減ったのだが、信長から直々に好きにさせよとの指示があったこともあって黙認することにした。

長可については言うべきことは伝えたため、次に高虎の方へと顔を向ける。

「藤堂《とうどう》君は東国攻めではなく、西側の守りに回って貰うことになったけれど、何か要望とかあるかな？」

「特にはございません。何しろ面白い道具を預けて頂きましたし、これほどまでに心が躍るのは初めてかもしれませぬ」

「ああ、アレか。扱いが難しいのが難点だけれど、使いこなせそう？」

「事前に理屈だけは足満殿より座学にてみっちりと仕込んで頂きましたので、使うだけなら問題はありませぬ。一から作れと言われればまた違うのでしょうが」

「うーん、ニッケルを処理できる炉は尾張にしかないからね。しかも鉱石自体が日ノ本では採れないから輸入している分高くつくんだよねえ……」

「足満殿が語られた電気を使う時代の到来が待ち遠しく思います」

東国攻めという華々しい戦果をあげる機会に臨めないというのに、高虎には気落ちした素振りすら見えなかった。

西国側に配置されるということは貧乏くじにも等しいのだが、とある発明品の存在が彼を手柄などという些事から解放してしまっていた。

今回高虎に預けられた装備は、尾張に残る静子の許にも同型のものが一つ配備され、前線に赴く信忠の許にも一つ配備されることになっている。

可動部は少ないのだが部品の損耗率が高いため、静子の力を以てしても現在の処三機を稼働させるのが精いっぱいというのが現状だ。

話の流れに足満が出たことで、静子はそちらに目を向ける。

「そうそう足満おじさんは少し別行動になるんだけれど、佐渡島《さどがしま》の征伐をお願いできるかな？」

「佐渡か……なるほど、承知した」

「嫌な役回りを押し付けてごめんね」

佐渡島は現代の新潟県西部に位置する離島である。日本有数の埋蔵量を誇る金鉱山の存在で有名だが、史上に於いて金鉱脈が発見されたのは四半世紀ほど先の1601年のことである。

『佐渡金山』の名で知られるが、実は金鉱山・銀鉱山の総称であり、中でも相川《あいかわ》金銀山の規模が大きく、単純に佐渡金山と言った場合は相川金銀山を指すことが多い。

歴史上でも江戸幕府の重要な財源として重宝され、最盛期には一年で金を四百キログラム、銀を三十七トン以上も産出したという世界でも有数の鉱山である。

相川金銀山には劣るが、他にも鶴子《つるし》銀山や新穂《にいぼ》銀山、西三川《にしみかわ》砂金山など多くの有望な鉱山が眠っている。

史実に於いて上杉景勝《かげかつ》が1589年に滅ぼすまで、本間《ほんま》氏の支配下に置かれていたことから足満は本間氏を歴史に先んじて滅ぼすことになる。

「静子が気にする必要はない。織田の覇道には必要なのだろう」

因みに佐渡島に関しては今昔物語集にも金に関する話が登場することから、当時でも金が産出することとは知られている。それほど表層に於いてすら金を含んだ鉱石が露頭しているのだが、文字通り氷山の一角でしかないということは知られていない。

信長は随分と前に静子から献上されて以来、いくさの戦略を練る際に日本地図を読み込んでおり、佐渡に多数の金山が記されていることを発見する。

これについて静子に訊ね、佐渡島に巨大な金山が眠っていることを知った信長は早速朝廷に図って佐渡島に関する支配権を手に入れた。

しかし鎌倉時代から佐渡島を支配し続けている本間氏が素直に応じるはずもなく、信長は別の有力な領地への転封《てんぽう》（国替えのこと）も打診もしたが一顧《いっこ》だにされなかった。

更にはこの打診が本間氏を刺激したのか、表立っては口にしないものの織田への敵対を決意した様子すらあった。

この足満の任務については信長から直接の命令があり、信長からの書状には建前上の任務として本間氏との交渉に足満を抜擢するとあった。

妙なところで察しの良い静子は、そこに謀略の臭いを感じ取った。そして彼女が勘付いた通り、足満は最初から交渉などするつもりがない。

信長にとって良い条件での提案を蹴った時点で本間氏は滅ぼすべき敵となったのだ。

「あと真田さんは武田攻めに加わって貰います。それが終われば北条に回って下さい、才蔵さんは最初から北条へお願いしますね。あ、真田さんには武田領で噂を流して貰います」

「承知しました。して如何なる噂を流しましょう?」

「甲斐《かい》の産品を現地の値段の三倍で買うという内容を密かに行き渡らせて欲しいの」

「なるほど。武田が気付いた頃には半数近くが流出しているという状況を作りだすのですな?慌てて物資を買い集めようにも領内には物がない。買い戻そうにも三倍以上の値を出す必要がある。武田はじり貧ですな」

「目端の利く商人なら潮目を感じ取って商品を売ったら、その足で武田領から逃げ出すよな。肥えた商人から私財を巻き上げることもできず、外部から買うには相場の三倍以上の値が掛かるか。相変わらずえげつないことを考えるな、静子は」

「武器をぶつけ合うだけがいくさじゃないのよ。戦端が開かれる前に有利な状況を作るための作戦だと言って欲しいね」

　長可の言葉に静子は反論した。彼女は命を惜しんで戦場に立たなくなったわけではない。極論をするなら静子の戦場に於ける価値は、程度の差はあれ他の誰かで代替可能なのだ。

　しかし、遥か未来を見据えて国作りを支援し続けられる能吏《のうり》としての静子は、他の誰であろうとも代替できないため命を落とす可能性の高い戦場へは、周囲が絶対に出さなくなったのだ。

　それゆえか静子は直接戦闘以外の支援全般に注力するようになっている。武具の製造・整備は勿論、食料や燃料、衣類に医療品、更には兵士たちの定期健診やカウンセリングによるメンタルケアなども取り入れる程だ。

　また商業及び流通の総元締め的な立場を活かし、あらゆる方面から常に情報収集を行っている。静子のコネクションは朝廷をはじめ、関西一円の商業圏にも絶大な影響力を持っている。

　有力な武将である明智光秀や羽柴秀吉にも大きな貸しがあるため、様々な派閥の武家社会にもかなり融通が利く。

更には配下に真田昌幸の率いる間者組織があるため、個人レベルの噂に至るまで網羅される戦国時代最高の情報通と言えるだろう。

「ふと思ったんだけれど、私が全く戦場に姿を見せないことを敵方はどう思っているんだろうね？」

「御用商人の『田上屋《たなかみや》』があちこちで静っちの偉業を吹聴しているから死亡説は流れないだろうけど、相手からしたら不気味だよな。着実に静っちの影響力が自分の足もとまで伸びてきているのに、動向は摑めないんだからな」

死亡説という台詞《せりふ》が出た時点で才蔵が眉を顰める。慶次の言葉はあながち大げさとは言い切れない。織田家の中に居れば静子の存在と情報は入ってくるが、一度《ひとたび》外部に出れば漏れてくる情報が激減する。

それでいながらその影響力は絶大だ。戦国最強と謳《うた》われた武田を倒した立役者にして、織田の隆盛を支える原動力となった懐刀、商売に少しでも関われば嫌でも静子の名前は耳に入る。

織田家が東国に対して攻勢に出ることはいずれ人々の知るところとなるだろうが、その時になっても静子の動向だけは摑めない。

実際にいくさの気配を感じ取っているであろう武田や北条の首脳陣は気が気ではないだろう。

「うーん。私の露出については少し考える必要があるかな。まあ、それは今後の課題だね」

今後も折を見て軍議を開き、詳細を詰めていく必要があるのだが、喫緊の話題は尽きた。普段ならその場で解散を宣言するのだが、静子はふと周囲を見回して声を掛けた。

「そう言えば、各所に利益を還元するためにお金を使って欲しいんだけど、誰かやりたい人いるかな?」

静子が問いを投げた瞬間、足満と才蔵以外が手を挙げた。

静子の許に集まる金は膨大だ。既に経済規模で堺《さかい》を上回る勢いになっており、富の偏在が顕著になっていた。

信長が戦略的に金を使ってはいるのだが、それでも使い切れない、もしくは現金ではないため使いにくい金が滞留してしまう。

国家事業である愛知用水絡みの大規模土木工事に際して振り出した債権の返済に充てるという手もあるのだが、経済の健全性を保つ意味では毎年一定額を積み立てて定期的に返す方が効果も高い。

信長からは静子がこれだと思うことに適度に出資せよという大雑把極まりない指示が来ているが、そうそう都合の良い投資先など見つかるはずもない。

そうこうしている内にも、織田領内で流通する貨幣以外に流入している外貨が既に無視できない規模になってしまっていた。

　これに関しては然るべき場所で消費しないことには、他国の経済で貨幣不足が起こり、貨幣の希少性が高くなるに従って物価が相対的に下落するデフレーションを引き起こしつつある。

　静子もこの外貨の存在を事態が深刻になるまで見落としていた。何しろ織田家影響下の商業圏に於いては、織田家の管理する通貨で取引ができるためだ。

　織田領内では外貨が過多になり、両替商の手元にダブついた外貨は織田領内では使い勝手が悪いが、貯め込んでおけば次第に価値が上がっていくため死蔵される。こうして問題が表面化した時には織田家の影響下にある京ですらデフレの傾向が出ていた。

　つまり静子はどうにかして貯まりに貯まった外貨を買い取って、外部に再び還流する流れを作り出さなければならなくなった。

　それも可能な限り早急に対処しなければならず、もはや無駄遣い云々を気にしていられる時期を逸してしまっていた。

「私はお金の浪費が嫌いだから貯め込みがちなんだけど、君たちは自信があるみたいだね？」

　彼女自身が口にしたように静子が金を使う場合、使った以上に何らかのリターンを見込んだ使い方をするため、この問題の解決には全く適していない。

　当初静子が投資しようとしたのは土地開発に港湾事業、対外貿易の拡充などであったため、信長から待ったが掛かってしまった。

信長としては静子が自分の身の回りに金を使い、その地位に相応しい家屋敷や宝飾品に衣服などを誂《あつら》えると考えていた。

しかし、実際に静子から信長へと届けられたのは新規事業に対する企画書であった。どの計画も中長期的に収入が見込めるしっかりと練られたものだ。

それだけに信長が食らった肩透かし感は甚大であり、ついに彼は静子自身に金を使わせることを諦め、配下に使わせるようにというお達しを出すに至った。

「任せてくれ！　金を稼いでこいと言われるなら困るが、使うことに関しては一家言《いっかげん》があるぞ」

胸を張って長可がろくでもないことを口にする。

「ダメ出しされた以外にも文化振興にお金を使ってみたんだけど、それもイマイチだったみたい」

「ああ刀集めしたり、ボロ寺を修繕したり、秘蔵の何やらを見て回ってただけだろ？　長谷川《はせがわ》っていう優男を連れて行ってたんだっけ？」

「長谷川さんは楽しんでいたけどね」

静子は五摂家筆頭近衛家の養女であり、朝廷より芸事保護の守護者を命じられ、実際に様々な資料を編纂して発表するという実績を残している。

このため、本来は門外不出のものや秘匿されている宝物すらも閲覧できる機会を得られるようになっていた。

長谷川としては利休《りきゅう》のツテを以てすら閲覧が叶わなかった秘宝を見ることができ、それらに刺激を受けるとともに用いられている技術を取り込んでいった。

「あの長谷川って奴は、結局お抱えにするのか？」

「課題を出すんじゃなくて、平時に彼が作っている作品をこっそり見せて貰ったんだけど、それが決め手だったね。彼は意気込むよりも肩の力を抜いている方が実力を発揮し易いのかも知れないね」

長谷川はかつて静子の出した試験に失敗していた。それゆえ静子は試験として通知せず、彼が普段作っているものを定期的に回収して逐一目を通すようにしてみた。

静子は絵画に対する審美眼を持っている訳ではないが、刺激を受ける度に長足の成長を見せる長谷川の才能には目を瞠《みは》るものがあった。

「彼自身が良い腕をしていることは勿論。彼の息子も影響を受けて才能の片りんを見せ始めているから、親子ともども将来が楽しみだよね」

「そのためだけに家屋敷まで用意してやるという厚遇っぷりが俺には判らん」

「美術の世界は感性によるところが大きいからね、糊口《ここう》をしのぐために費やす時間を作品の製作に割いて欲しいんだ」

静子のやっていることは中世ヨーロッパで行われていたパトロンに似ている。それによって長谷川一家の生活の質は格段に向上した。

衣食住に不安のない状態で多くの学びの機会を与えられるという環境に置かれ、長谷川は今まさにその才能を開花させつつあった。

「惜しげもなく使わせている画材だって結構な値段するんだろう？」

「必要経費だよ。勝蔵君だって練習もなしに明日から短弓を馬上から撃てるようになってねって言われたら困るでしょ？」

「まあ、それは無理だな」

「彼は今、蛹《さなぎ》を脱し、羽化しつつある蝶なの。大きく羽根を広げ、世界に羽ばたくには今しばらく時間が必要だけれど、それを待つのも楽しみじゃない？」

「俺には判らん世界だ」

眉を寄せて口を尖らせる長可の姿に静子は苦笑する。話が大きく脱線してしまったことに気付いた静子は、咳払いをして路線の修正を図る。

「話を戻して、それじゃあ目的の街に着いたらこの手形を最寄りの田上屋で現金化してね。全額使ってくれて構わないから」

「お、話は終わったか。まあ勝蔵じゃないが、俺も金を使うことには自信があるからな。大船に乗った気で任せてくれ」

慶次の言葉に静子は考える。できるだけ早く出立して欲しいが、信長に安土を発つことを伝えていない。

「上様に尾張に戻る旨を伝えてくるから、それぞれに出発の準備だけはしておいてね」

静子が暇乞いをすると、信長はすぐにそれを許した。織田家の勢力外で金を落とすのが理想なのだが、いくさを前にした今の時期に主だった配下の武将が遠出をするのは難しい。

そこでまずは安土を出て京へ赴き、数日滞在の後坂本へ向かい、今浜に立ち寄って美濃経由で尾張へと戻る順路を取る。

この経路の各地でお金を落として回る必要があるのだが、静子は自分を基準に考え相当な時間を要すると考えていた。

「え？　もうなくなった？」

京に到着して以降、義父である近衛前久と打ち合わせをしたり、前久主催の歌会に顔を出したりと慌ただしく過ごしていた静子は、長可が金を使い切ったことに驚いた。

「ふふん。これぱかりは静子よりも俺の方が向いているな。金は一人で使うよりも、多くが使えば一気になくなるんだよ」

長可の金の使い道は単純にして明快だった。彼は自分の部下で見込みのある者を選んで飯や酒を奢《おご》り、それぞれにある程度まとまった金を渡して好きに使えと伝えただけだ。

長可の部下は、更に己の部下に対して長可がやったように振る舞った。これによって垂直型の金の流れが出来上がった。

それぞれが思い思いの場所で金を使うため、高級店から大衆店まで様々な場所に金が落ちることになる。こうして水平にも金が広がり、幅広く金が行き渡った。

「なるほどね。私は自分が集約して大きなお金を使った方が効果も大きいと考えたけれど、少額ずつに分散して消費に回す方が早く使うという面では理に適っているんだね。ただ、予算以上に金を使い込めと言った覚えはないいんだけれど？」

そう言いながら静子は長可に請求書の束を突き付けた。そこには長可の名でツケに回された膨大な金額が記されていた。勿論、その全てを静子が立て替えている。

金が足りなくなったからツケにしたのだろうが、自分の所属を告げているからには請求書は静子の許へと届くのは自明であろう。

「いや、これは俺が払うつもりだったんだ」

「構わないよ。君の今後のお給金から一定額天引きし続けるだけだから。坂本では流石に謹んでよね？　京では近衛家の名前で信用があるからツケがまかり通っているけれど、坂本でやったら営業妨害と取られるよ？」

「わ、わかった」

いくつか軽いトラブルが発生したものの、静子は立ち寄る先々でそれなりの資金を落とすことに成功した。今後は金を使う人の間口を広げる政策も、場合によっては有効だということを静子は学んだ。

静子が尾張に戻った翌々日、彼女は慶次を伴って景勝の許を訪ねていた。彼の住居へ招かれると、越後から人質として連れられてきた者全てが勢揃いしていることに気が付いた。

この状況を一目見た慶次は、彼らが何を言わんとしているかを察したが、静子が口にした言葉は彼の想像の埒外《らちがい》にあった。

「薄々察しておられるようなのではっきりと告げます。来年、越後に大きな転機が訪れるでしょう。それに対して各々がどうしたいのかを確認させて貰います」

慶次の予想では越後の置かれている状況を伝えるだけだと考えていたのだが、静子はそれを既に知っているものとして、自分はどうしたいのかと尋ねたのだ。

彼らは越後が裏切らない保証として差し出された人質である。どうしたいも何も彼らに選択肢など有りはしない。本国が裏切らないことを祈って尾張に滞在するのみだ。

「人質としての立場は一端棚上げにしてね。貴方達が選べる選択肢は大きく三つ。一つは尾張を脱して親北条派に合流する道。一つは上杉家に戻ってお家のために親北条派を討伐する道。最後の一つはことが終わるまでここ尾張で根を生やす道。今ならばどの道を選ぶことも私が許します」

「希望を伝える前に貴女に問いたい。何故、我々に選択肢を与えるのか？　貴女の立場なれば、我々は人質として尾張に居続けた方が都合はよろしかろう？」

景勝の問いに対して静子はニコリと笑みを浮かべる。静子は信長から景勝たちの管理を任されているのだ、人質が勝手に居なくなればその責を問われて困ることになるのではないかと景勝は訊ねた。

「上様には好きにして良いと言われているし、今だからこそ言いますがそもそも人質っていうのが好きじゃないんですよ」

しかし静子と信長の出した答えは違った。信長は少なくない費用をかけて人質を無為に飼い殺すよりも、故郷以外の世界と新しい価値観を知った彼らが、どのように行動するのかが知りたかった。

果てしなく広い世界の一端を、尾張という窓を通して垣間見ても尚、旧態依然《きゅうたいいぜん》とした価値観に縛られ続けるのが人間という生き物の性質なのかという問いに対する答えが彼らとなる。

外部に出て広く世界を見てもなお、己のお家存続だけに汲々《きゅうきゅう》とするような人質ならば、いっそ本家ごと滅ぼしてしまおうというのが信長の意向でもある。

「ははは。なるほど、これは我らに与えられた卒業試験という訳ですな？　貴女が蒔いた芽がどのような実を付けるか、とくとご覧にいれましょう！」

静子の言葉に対し、景勝は快活に笑って見せた。景勝の浮かべた笑みと、彼に続く家臣達の決意に満ちた目を見れば、改めて答えを聞くまでもなかった。

先ほどまでの何処か淀んだ目ではなく、未来を勝ち取らんとするいくさ人の表情になっていたからだ。

「答えを聞くまでもありませんね。存分に楽しんでおいでなさい。ここの地で身につけたことは、何かの役に立つことでしょう」

「所詮我らは居ないものとして扱われている人質ゆえ、いくさ場で散ったとて大勢に影響はござらん。しかし、本懐を遂げれば大金星となりましょう。この期《ご》に及んで北条に与《くみ》する世間知らずに目にものを見せてやりましょうぞ」

「全てが終わった後にお互い生が続いていれば、酒を片手に武勇伝をお聞かせ下さい。私は酒を禁じられておりますので、ご相伴にあずかるのは慶次さんでしょうけど」

禁酒令に触れて静子が混ぜっ返すと、皆がドッと声を上げて笑った。

「今生《こんじょう》の別れとなる人もいるでしょう、皆悔いを残さないようにね」

その言葉を告げて静子と慶次は景勝の住居を後にした。二人の姿を見送る越後の人々は、彼らの姿が見えなくなるまで頭を深々と下げ続けていた。

「さてと、彼らの引率は慶次さんにお任せするね。ちょうど向かう先は同じだし、『旅は道連れ世は情け』って言うでしょう?」

彼らの潔い生き様を見たためか、うきうきと弾む足取りで廊下を歩みながら静子は慶次に言葉を投げかけた。静子は越後で慶次たちがどのようないくさをするのか、楽しみで仕方がなかった。

「うーん、聞かない言い回しだが気に入った。せいぜい引っ掻き回してやるから報告を楽しみに待っててくれよ」

慶次は首を傾げつつも楽し気な笑みを浮かべていた。その表情はとっておきの悪戯を思いついた悪ガキそのものであった。

余談ではあるが慶次に聞き覚えがないのは仕方がない。かの台詞は江戸時代に登場した『江戸いろはかるた』の一つだから、今の慶次が知っているはずがない。

「傾奇者の面目躍如《めんもくやくじょ》だよね。主戦場が敵地で、しかも寡兵《かへい》(戦力が少ないの意)だよ?」

越後にいる親北条派の動きは良く判っていない。情報統制が始まっているのか、越後の情報はなかなか尾張に入ってこないが、親北条派が追い詰められていることは間違いない。

『窮鼠《きゅうそ》猫を嚙む』の諺にあるように、追い詰められたものは思いがけない反撃に出ることがある。

しかも地の利は相手側にあるのだ、難しいいくさを強いられるだろう。

更に上杉謙信《けんしん》と連携することも難しい。景勝らが向かっていることを万が一にも敵方に知られれば、数で劣る彼らは包囲殲滅されてしまうからだ。

故に慶次たちは謙信から敵かと疑われないようにしつつ、親北条派と戦って身の証をたてる必要があるのだ。不安要素が山盛りで綱渡りのようないくさになるが、だからこそ面白いと思うのが慶次という男であった。

「勿論、面白いさ。今のご時世でこれだけのいくさ場を用意して貰えるってのは、いくさ人冥《みょう》利《り》に尽きるってもんだ」

「それは良かった。あ、一応これを渡しておくね」

そう言いながら静子は懐から紙束を取り出した。表書きがされていない和綴じの冊子を手にした慶次は首を傾げる。

「これは？」

「私なりにこれから起こりそうな状況を想定して立てた作戦。本当に困った時に思い出したら読んでみて？　要らないなら焚き付けにも使えるから邪魔にはならないよ」

静子としては慶次に思う存分戦って欲しいと思う半面、命を落として欲しくはない。故に彼が生存を望むのであれば、可能な限り生還の目を残せるよう知恵を絞ったのだ。

慶次は静子が己の生き方を尊重しつつも、自分を欲していてくれているのを嬉しく思った。それ故に突き返すのではなく、冊子を懐にしまい込むと一言告げる。

「有難く貰っておくよ。鎧《よろい》の下に忍ばせれば弾避けになってくれるだろうさ」

慶次はそう言うと冊子をしまい込んだ胸を拳で叩いてニカリと笑った。

千五百七十六年　十二月下旬

信長が発した敵の一掃宣言より一ヶ月が経過した。外部から見える静子軍の動向は、いくさの準備を整えているようには見えない。

それというのも静子軍の兵士たちは集団で街に繰り出し、連日飲み食いを続けているからだ。

軍隊の性質上、全員が一斉に休暇を取ることができず、交代で外出しているのだが、それでもかつてない規模での動きが見られる。

織田家の中にすら静子軍が遊び呆けていると陰口を叩く者がいるのだ、外部から見れば何が起こっているのか判らず困惑するのも無理はない。

しかし、兵士たちが派手に遊んでいても、いくさの準備は着実に進められている。大量の軍需物資が集積され、計画に従って各所に分配されていく。

東国征伐の中でも特に甲斐の国へ派遣される将兵たちには特別の訓練が課され、新しい装備や今までにない規則に慣熟するための演習が繰り返されていた。

過酷な訓練でのストレスを発散させるため、特別手当を支給して休暇中の飲み会を励行したため、大規模な放蕩にも見える動きとなって現れている。

「装備の準備は順調のようだね」

棚卸《たなおろし》（書類上の数字と、現物とが一致しているかを確認すること）が終わった報告書を眺めつつ静子が呟いた。

武具の調達に関する報告書だが、これらの武具を使用するのは静子軍の兵士ではない。今静子が手にしている書類に載っている武具を使用するのは景勝たちだった。

彼らが遂行する特殊な任務を後押しするため、遠くからでも一目で判る程に派手な装飾が施されている。

俗に言う『傾《かぶ》いた』恰好となっており、初めて支給予定の武具を目にした景勝は顔を引きつらせ、対照的に兼続《かねつぐ》は子供のように目を輝かせていた。

「編み上げブーツも定着したみたいだね。甲斐では日本住血吸虫《にほんじゅうけつきゅうちゅう》に注意する必要があるから必須装備なんだけど、通常のブーツよりも更に通気性が悪くなっているから悩ましいね」

静子はこれだけは例外的に大人しい鎧櫃《よろいびつ》（甲冑を運ぶ際に用いられる専用の容器）から目を離し、現代人が見ればジャングルブーツかと思うような編み上げブーツを手で撫でる。

各種サイズが用意され、つま先には薄い鉄板すら仕込まれたそれは、洗練された機能美を持っていた。

織田軍に於いてすら全員が揃いの装備を身につける制式装備という概念がない中、足元だけとは言え一兵卒に至るまで統一しようとする静子の異質さが窺える。

この時代に於ける一般的な足元の装備と言えば、足袋《たび》を履いて脚絆《きやはん》を巻いた上で草鞋《ぞうり》を履くというものだ。

しかし、この装備には防水性能など期待できず、甲斐の国への出兵に於いては致命的となる。

甲斐の国には日本住血吸虫の中間宿主となるミヤイリガイが群棲している。このミヤイリガイは水と接触することにより、日本住血吸虫の幼生であるセルカリアを放出する。

流行地に於いては陸上にすら生息圏を広げたミヤイリガイが、住居の明かり取りの窓に群がっていることすらあるという。

つまり朝露に濡れた草むらにミヤイリガイが居た場合、日本住血吸虫に体内へ侵入されることもあり得るのだ。

これを防ぐために用意されたのが編み上げブーツだった。足首どころか膝下までを覆うシャフトと呼ばれる部位が特徴的だ。

防水機能を徹底するためシャフトには樹脂コーティングされた帆布が用いられ、極めて通気性の悪い装備となっている。

ここまで徹底しても履物であるため隙間が存在する。それを補うために開発されたのが、現代人であれば当たり前に目にするであろう『ガムテープ』であった。

頑丈さと利便性を追求した結果、布製のガムテープとなっている。水分を浸透しないよう布に樹脂をコーティングした上で、接着剤を塗布した形式をとっていた。

当然現代のような工作精度は実現できないため、我々が目にするガムテープと比べればはるかに分厚く、一度貼ってしまえば剝がすのが困難という問題点がある。

しかし、それでも補修や隙間を埋めるために便利に使えるガムテープの有用性は疑うべくもない。

因みに今回のガムテープに使用した接着剤は、常温では強固な粘着力を誇るが高温に弱く、水虫対策も兼ねて定期的にお湯でブーツごと煮るようにして加熱することにより剝がすことができる。

「ご休息の処、申し訳ありません。織田勘九郎様より早馬が着きました」

「判りました」

報告書を読んでいた静子は、小姓から早馬の到着を告げられた。書類から目を上げた静子は、小姓より早馬が携えていた文を受け取り広げて読み進める。

内容を要約すれば相談したいことがあるので時間を取って欲しいとのことであった。東国征伐に関しては既に動き出しているため、今更改まって相談が必要になることなどないはずなのだ。

とは言え、相手は織田家の次期当主であるため粗略に扱うことなどできるはずもない。

しかも、お忍びではなく先触れを送って公式の訪問形態をとっており、出迎え一つにしても相応の格が求められることとなる。

更には相談の中身が不明であるため静子は何を相談されても対応できるよう、東国征伐に関する資料や自軍に関する資料を取り揃えるため奔走することになった。

「うーん、流石に私一人だと手に余るかも。現場の責任者を呼ぶ必要があるかな」

東国征伐の計画表や、懸念事項等がまとめられている書類を読み込んでも信忠が相談したがっていることに見当がつかなかった。

そこで実際に現場を運用している人間ならば、見えている問題点があるのではないかと静子は考えた。

手始めに間諜を統括している真田昌幸へと出頭要請を出す。何よりも優先すべきは東国征伐そのものであるため、予定外の行動で現場を混乱させたのでは本末転倒となる。

それでも要請を出した翌々日には昌幸本人と間者を取りまとめている間者頭《がしら》とでも言うべき地位の人間が静子の前に揃っていた。

静子にすら面が割れると業務に支障が出るため、昌幸以外は覆面を着けた状態での面会となる。

「まずは急の要請に応じてくれたことを感謝します。皆さんの尽力により、我が軍は有利に計画を進めることができています。何かと苦労を掛けるとは思いますが、これからもよろしく頼みます」

開口一番、静子は昌幸一行に謝意を述べた。間者たちは文字通り命懸けで敵地に潜り込み、有用な情報を収集した上で持ち帰ってくれる。

彼らが静子の目や耳となってくれているお陰で危険を事前に察知して対策も打てるし、敵側が抱える弱点を効果的に突くことができている。

とは言え間者は裏方に徹する存在であるため、その存在は知られれども賞賛されることは皆無であった。情報の重要性を知悉《ちしつ》している静子や信長をしてさえ、表立って彼らを表彰することはできない。

また彼らもそれを望んではいない。彼らにとって有名になることは、即ち自らの死に繋がるからだ。栄誉とは彼らの頭領である昌幸に寄せられるものであり、自らが浴するものではないと肝に銘じていた。

しかし、それでも人間は感情の生き物であるため、こうして静子のような重鎮から面と向かって謝意を告げられて嬉しくない筈がない。

彼らは面を伏せたまま感激に打ち震えていた。それほどまでに世間一般に於ける間者の地位は低く抑えられていたのだ。

何故なら彼らを使用する立場の権力者が最も恐れる存在が他ならぬ間者であり、下手に厚遇して力を付けられては困るという考えが蔓延していたためである。

しかし静子はそれらのリスクを織り込んでもなお、彼らを厚遇することにしていた。他の何処よりも優遇してくれる主君に対して、態々《わざわざ》牙を剝くような犬ならば粛清できるだけの力を有しているのも一因ではある。

「さて皆には武田及び北条の近況について気になることを教えて欲しい。情報の確度が低くても構わない、その旨を付け添えて報告して貰えれば都度勘案します。畏まる必要はありません、食事でも取りながら気軽に意見を述べて下さい」

そう言うと静子はぱんぱんと手を打ち鳴らし、合図を受けた家人たちが机と料理を並べてゆく。

全員が席に着き、配膳が終わるのを待って静子が無礼講を宣言した。

それぞれの間者頭は最初こそ困惑していたが、頭領たる昌幸が大いに笑って飲み食いし、気安く静子と会話する様を見て次第に緊張が解ける。

静子以外の面々には少量とは言え酒も供され、宴会に熱が入ると皆の口も滑らかになっていった。

「これは裏取りが完全ではありませんが、かなり確度の高い情報です。ここのところ穴山梅雪《あなやまばいせつ》が徳川《とくがわ》方と接触しているようです」

「ふむ。穴山といえば武田家譜代の臣、御一門衆の一角。それほどの大物が徳川に内通するか、当代である勝頼《かつより》との間に不和があるとも聞かないけれど確かなのかな？」

穴山は史実に於いても勝頼を裏切り、信長と内通した実績を持つ。しかし、史実の状況から大きくズレが生じている現状、静子としては穴山の裏切りに懐疑的であった。

なにしろ開戦前から大勢は決しているため、今更裏切ったところで彼が厚遇されることなどあり得ない。内通したふりをして織田方の情報を探るダブルスパイになられても面倒であるため、内側に招くこと自体が得策でない。

何より武田は、織田家こそが武家の統領であるということを世間に知らしめる贄《にえ》である。ボロボロの武田を討つよりも、少しでも充実した陣容の武田を討ち破った方が宣伝効果は高くなる。

「故に徳川方なのです。織田家には取り入る隙がありません。しかし徳川様ならば……」

静子の言わんとするところを察して、間者頭が自説を述べる。確かに敵方にも広く門戸を開いている徳川家ならば、穴山が登用される目もあろうというものだ。

「なるほど。徳川家も有能な家臣を抱えてはいるが、それでも覇道を目指すならば心もとないと言ったところか」

穴山としてもみすみす勝算のないいくさに身を投じるよりも、穴山家当主として己が血筋を残す義務がある。たとえは悪いが一部上場企業に採用されずとも、二部上場の企業ならば第一線で活躍できると考えるのは当然かもしれない。

実際に徳川家ならば武田の重臣を召し抱えた場合、甲斐の国を支配する上で有利に働くことは間違いない。甲斐の民にとっても馴染みのある穴山が窓口となれば、無用な摩擦は避けられるだろう。

そして徳川家康《いえやす》自身にとっても、有能であれば敵であっても重用するという度量を示すことで、有能な武将が集まりやすくなる。

「穴山がそう企むのは勝手だけれど、戦後の武田領についての差配は上様の専決事項、そうそう思うようには進まないよね」

東国征伐を大々的に宣言し、音頭を取っているのは信長である。家康はあくまでも信長との同盟関係から補佐に名乗り出ているだけであり、下手をすれば彼らが武田と切り結ばない可能性すらある。

更に言えば織田家と徳川家の結びつきが余人からは想像し得ない程に強固になっているというのもある。資本関係のない別々の企業かと思っていたが、完全にサプライチェーンに組み込まれたグループ企業に似た立ち位置になっていると言えば判り易いだろうか。

現代の国家になぞらえるならば米国と日本の関係に近い。『米国がくしゃみをすれば、日本が風邪をひく』という言い回しがあるように、既に織田家と徳川家は切っても切り離せない関係になっているのだ。

仮に徳川家が織田家に反旗を翻そうとも、既に支配領土も保有戦力も、経済力ですらけた違いである。そうした状況を一番間近から静子は窓口として観察しているだけに、徳川家としても迂闊な行動を取るわけにはいかない。

　何せ下克上を企んでいると疑われることすら不利益に繋がるのだ。尤も家康とて唯々《いい》諾々《だくだく》と従っているわけではないだろう。いずれは織田家に取って代わらんと、虎視眈々《こしたんたん》と機会を窺っていることは疑いようもない。

　ここまでの状況を考慮すれば、徳川家が穴山を迎え入れる可能性は、当の穴山がそれを理解しているか否かは別として相当に低いと予想される。

「一応他所の人事に口を出す権限はないけれど、穴山は上様の不興を買うリスクを冒してまで欲しい駒なのかな?」

「甲斐の国に関しては例の問題（日本住血吸虫）があるため、民草の生活様式から一変させる必要があります。前例を踏襲したがる前統治者の重臣など害にしかならないでしょうな」

「そうだね。裏切らせておいて捨てるのも外聞が悪いし、そもそも交渉を決裂させるのが利口なやり方だろうね」

　更に言えば行軍を共にする以上、甲斐の国が抱える呪縛にも等しい環境汚染については説明済みである。そして幼少期より苦労を重ねてきた家康は、「お前には無理だろうが、俺ならばもっと上手にやる」といった大口を叩かないだけの分別があった。

　哀しいかな現代に於いても頻繁に指導者たちが口にするこの台詞だが、実際に成果を上げた人というのは絶無とは言わないがほんの一握りに過ぎない。外から見ていれば簡単そうに見える事柄でも、実際にやるとなれば相応の難しさが存在するのである。

「穴山の件については暫く私の処で留めておきましょう。ある程度の裏が取れ次第、私に報せて下さい。私から上様に話をするようにします。徳川様が上様に何らかのご相談をされていれば良し、さもなくば少し東国征伐に影響が出るかもしれませんね」

「上様に!?　その……絶対と言える程の証拠は穴山本人を攫いでもしなければ得られませんが……」

　間者頭が不安を抱くのも無理はなかった。過去に信長は確証のないあやふやな情報を齎した者、逆に確証がないからと重要な情報を報告しなかった間者を例外なく処断している。

　信長がそれだけ情報というものを重要視している証左だが、当の間者から見れば冷酷無情な人物に映っていた。信長からすれば侮られるよりは、恐れられた方が良いと一笑に付すだろう。

「情報には鮮度というものがあります。釈迦に説法となりますが、確証を得るため徒《いたずら》に時間を掛けるよりも、情報確度を添えて報告した方が上様は喜ばれるでしょう。かの御方は剛毅《ごうき》果断《かだん》ですが、狭量な主君ではありません。情よりも実利を優先される方であり、有用ならば決して無下に扱うような真似をされません」

「ははっ」

「今後の方針としては穴山の動向に一層の注意を払って下さい。徳川と繋がっている裏が取れれば、それ以上の監視は不要です。逆に交渉が決裂したと判った場合も、監視を終了して下さい」

大事の前であるため、念には念を入れて対策を講じたが、静子はこの件を楽観視していた。静子の見る限りに於いて、家康は間違いなく有能な人物であり、この程度の局面で判断を見誤るような小者ではないからだ。

恐らく遠からず穴山との交渉は決裂し、失意にくれた穴山は別の受け入れ先を模索することになるだろう。徳川家の中で重要な地位を占められると困るが、それ以外であれば放置しても構わないというのが静子の認識であった。

「穴山に関してはこれで良しとしましょう。他には何かありますか？」

「はっ、実はー」

静子が再び話を振ると、穴山の件が呼び水となったのか、他の間者頭も次々に声を上げ活発な議論が始まった。

信忠からの先触れを受けて以来、武田と北条に関する情報を整理し、万全の準備を整えた上で正装に身を包んだ静子自らが信忠を出迎えた。

一方の信忠と言えば、供すら連れず一人でふらりと現れたかと思えば、突拍子もないことを言い放った。

「随分とめかし込んでおるようだが、今日は何かの祝い事か？」

はじめは信忠の言葉を理解できなかった静子だが、ふつふつと怒りの感情が湧きあがった。静子は悪戯をした子供を叱るかのように信忠の頭を叩こうとしたが、日々鍛錬を積んでいる信忠は紙一重で身を躱《かわ》す。

「何をする、危ないではないか」

「正式な遣いを寄越すから、相応の出迎えをした私に対して、その言い草はないでしょう？」

「なるほど、そう受け取ったか。静子が日頃から父上が唐突に押しかけて来ると愚痴をこぼしていたから、先触れを出したまでのこと。俺と貴様の間柄なのだから堅苦しい形式なぞ要らぬ」

「……判った。それじゃ織田家の次期当主ではなく、近所の悪ガキ相手だから晩餐《ばんさん》は不要だね」

「折角用意して貰ったものを無駄にするのは惜しい、有難く頂戴するとしよう」

二人は互いに軽口を叩き合いながら静子の私室へと移動した。当初の予定では信忠を上座に据えて、謁見の間にて会談予定だったのだが中止となった。

襖一枚隔てた隣室には才蔵や小姓も控えているが、今この部屋にいるのは静子と信忠の二人きりとなり、掘り炬燵に向かい合せに座ると信忠が口を開いた。

「次期当主とは言うが、あの通り父上もご健勝だ。当分お鉢が回ってくることはあるまいよ。堅苦しい応対は勘弁してくれ」

意外に寒がりな信忠は炬燵の天板に顎を載せ、掛布団に潜り込むようにして暖を取っている。静子はその様子を苦笑しながら眺めつつ、手ずから籠に盛られた蜜柑《みかん》の皮を剥いてやると信忠に差し出した。

信忠はそれを片手だけ掛布団より出して受け取り、一房ずつに小分けにして口に放り込んでいる。

「いきなり当主に祀《まつ》り上げられるよりも、こうして習熟期間がある方が良いでしょう?」

「確かにな。しかし、欲の皮が突っ張った連中どもの腹の探り合いにはうんざりさせられる。そういう横車を押そうとする輩に限って役立たずときているから始末に負えぬ」

「そうだね。でもいくさのない泰平の世になれば、そうした腹芸のできる人が台頭してくるからね。武官はうかうかしていると閑職に追いやられるかもしれないよ?」

史実に於いても豊臣政権下で武官と文官の対立が見られた。豊臣政権の転覆を企む徳川家康が対立を煽ったという側面もあるものの、武断派（軍務を担う派閥）と文治派（政務を担う派閥）は互いに反目し合い対立を深めた。

武断派の代表格である加藤清正《かとうきよまさ》や福島正則《ふくしままさのり》らは豊臣秀吉による天下統一が成されると、活躍の機会を奪われて燻るようになる。

一方、石田三成《いしだみつなり》や小西行長《こにしゆきなが》に代表される文治派は、政権の内政を担うことで存在感を発揮し、徐々に重要な地位を占めるようになった。

まんまと豊臣政権を崩壊に導き、天下を取った徳川家康も後に武断派と文治派の対立に頭を悩ませることになるのは、皮肉としか言いようがない。

ただ徳川幕府は豊臣政権とは異なり、家康を中心とした中央集権化が推し進められており、強権を以て対立を諫めることができたため大事には至らなかった。

「静子ならばいずれ訪れる泰平の世に於ける文官と武官との対立をどう収める？」

「そうだね、命懸けで身を立てたことに誇りを持っている武官には領地という目に見える見返りを与え、代わりに官位を与えない。逆に文治派は領土を与えない代わりに、役職や官位を与えることで身分を安堵して均衡を取るかな」

静子の回答に興味を持ったのか、信忠は残った蜜柑を一口に食べた後に言葉を放つ。

「人の欲には限りがない。領土を手に入れたならば、次は官位を得たいと思うのが世の常ではないか？」

「当然そうなるだろうけど、両方を欲するのならば軍務・政務の双方で頭角を現して貰わないとね？　泰平の世になれば武力が持つ重要性は下がるのが道理。過去の栄光に縋《すが》るのではなく、新しい時代に適応したものが生き残る。『適者生存』こそが自然の摂理だよ」

「半生を武に捧げた老兵には厳しいな」

「領土と官位の両方を得て絶大な権勢を誇るようになれば、権力と権威が一極集中するから危険だよ。特に領土は個人ではなく、家に与えられているから後継者が愚鈍ならば暗君を生むことになる」

江戸末期までの日ノ本では、家格を官職と位階で示すのが一般的であった。戦国時代に於いても朝廷より賜る官位は、領地を治める大義名分として利用された。

中でも有名なのは上杉家が持つ関東管領《かんとうかんれい》だろう。上杉謙信はこの役職を理由に幾度か北条へ攻め込んでいる。

現代でも言えることだが、財産（領土）や肩書き（官位）の持つ影響力は大きい。不相応な地位を得た者は往々にして問題を起こす。

「本人が身を滅ぼすのは自業自得だけれど、最終的にツケを払わされるのは領民となる」

「なるほどな。もし民が暴動を起こせば、それを理由にお家を取り潰すこともできるという訳か」

「阿漕《あこぎ》なやり口は反発を招くよ？　良く使われる手ではあるけれど、生殺与奪に関わることに安易な手段で踏み込めば、手痛いしっぺ返しを貰うことになる」

泰平の時代が長く続いた江戸時代では、地方の大名がもつ力を削ぐため参勤交代や転封が行われ、統治の失敗を理由にお家取り潰しが横行した。

「何事もほどほどが肝要よ。やり過ぎは社会不安を招くけれど、渦中の人間はそれに気付けないから問題だね」

徳川幕府に於いて初代の家康から三代将軍の家光《いえみつ》までは、幕府による支配構造を定着させるため豊臣系の大名を潰して回った。

お家を取り潰せば、当然その禄《ろく》を食《は》んでいた家臣も食い扶持《ぶち》を失い、浪人となって流離《さすら》うこととなる。

浪人となった彼らは再度仕官できる先を求めるが、余程の才覚がある者以外は門前払いとなってしまう。中には武士の身分を捨てて農民に身をやつす者もいた。

こうした扱いを受けた者たちの不満は、原因となった幕府へと向かい慶安《けいあん》の変や、承応《じょうおう》の変となって表面化することになった。

こうした事件が更に武力に依る革命を嫌う気風を生み、武断から文知への方針転換を後押しすることになる。

「いやはやためになるな。この調子で俺の補佐もして欲しいものだ」

「調子に乗らない。王者は常に孤独なものよ、最終的に決断を下すのは貴方になるんだから」

「良いではないか。俺にだって誰かに頼りたい時もある。武田に関しては懸念も消えたが、北条は如何ともし難いのだ」

信忠の言う武田に関する懸念とは、彼が予《かね》てより文を通じて関係を深めていた武田信玄《しんげん》の五女にあたる松《まつ》姫であった。

第一次東国征伐以降途絶えてしまっていた文のやり取りは、華嶺行者という規格外の配達人の登場を機に再開されることとなる。

単独で道なき道を踏破し、誰にも見つかることなく信忠の文を松姫に届け、あまつさえ彼女からの返信すらも持ち帰ることができるのだ。

二人の話題は必然的に第二次東国征伐に関することに収束してゆく。互いに想い合っている者同士が敵となる運命の悪戯に翻弄される若い二人に、思いもよらない手が差し伸べられた。

救いの手は信忠の許へ書状という形を取って届けられる。差出人は武田勝頼であり、内容は遠くない将来に敵同士となる自分達に松姫を巻き込むのは余りにも不憫《ふびん》。

敵対を前にして松姫は信玄の菩提寺でもある恵林《えりん》寺に身を寄せさせ、勝者となった側が迎えに行くというものであった。

この勝頼の提案は、信忠と松姫側に否やはなく。勝頼としても己が敗北を喫したとしても、武田の血統を歴史に残すことができる起死回生の一手でもあった。

「北条の件って……もしかして、柴田様が絡んでいる？」

眉を顰める信忠に静子は問い掛けた。静子の問いは正鵠《せいこく》を射ていたようで、信忠は柴田の名を耳にした途端に身を固くして押し黙る。

信忠としても気が緩んでいたのだろう、姉貴分である静子には決して見せないつもりの弱みを漏らしてしまったことを悔いていた。

信忠の様子を見て状況を察した静子は信忠に気付かれないようにため息を吐いた。信忠にとって譜代の重臣というのは厄介な存在だ。

前述の武断派に於ける急先鋒であり、今回の東国征伐でも北条征伐の総大将に収まるなど、信長からの信任も厚い。

信長の後継者という立場上、信忠が東国征伐全体を統括する総大将に据えられているが、武功の不足は他ならぬ信忠が一番自覚しているところであろう。

「意識するなって言うのは無理なんだよね？」

「俺が父上の後継者として誰恥じぬ武功を立てねば、その身一つで成り上がった御仁に気後れしてしまう」

「今回の東国征伐で頑張るしかないよね」

「待ってくれ！　ここまで恥を晒したんだ、何か助言の一つもあって良かろう？」

「そこは、ほら。私は織田家内の権力闘争には極力関わらず、天下統一が成った暁には隠居したいと思っているから……」

「静子が隠居なぞできるはずがなかろう！　白昼夢にしても酷いぞ」

「いやいや、流石に世俗を捨てて出家すれば隠居できるはず！」

「還俗《げんぞく》という手段がある以上、出家しても連れ戻されるだけだ。そもそも父上の目が黒いうちは、出家など許されぬだろう」

「……仮に出家しても、寺まで押しかけてくる様が容易に想像できるよね」

　信忠が言うように出家しても信長に振り回される未来を予見できてしまい、静子は悄然と肩を落とすのだった。

「しかし、静子の言うように柴田殿に対抗するため武功を上げたとて、いずれは文治派の台頭が待っている。既に武断派と文治派の対立の兆しは見えているし、それまでに俺は政務能力でも功を示さねばならない」

「助けが欲しいなら勝蔵君を連れていく？　彼は力押しが目立つけれど、彼の真骨頂は頭脳戦にこそあるんだ」

「あの言動ながら文化人だからな。長可を良く知らぬ者は疑ってかかるが、あ奴は頭の回転も速く柔軟な発想力を持っている。ただ誰の目にも判り易い暴力に依る解決を好むから乱暴者に見えるのだがな」

軍規違反の常連である長可だが、流行の最先端である茶の湯を嗜《たしな》み、筆をとらせれば京の文人をも唸らせる。更には和歌を詠ませても一流どころに見劣りしないというのだから驚かされる。

「そう言えば、当の本人の姿が見えないようだが？」

「勝蔵君？　死地に身を置くとか言って、慶次さんと鬼ごっこしているよ」

「そうか……」

信忠は己を助けてくれるかも知れない人物の無事を密かに祈っていた。

食へのこだわり

天下人と目される信長を己の宴席に招くというのは、自身の権勢を示すに当たって絶大な効果を発揮する。

その半面、信長を接待するということは多大な苦労をも背負い込むことになる。

元々難しい気性の持ち主である上に、山海の珍味を食べ飽いているため、並大抵の料理では彼のご機嫌を取ることすら叶わない。

「だからと言って、お市様経由で私に訊ねないで欲しいのですが……」

悩み抜いた人々が最後に縋るのが、信長を度々もてなしているにもかかわらず、絶大な支持を勝ち得ている静子であった。

とは言え、昔とは異なり静子の立場も相当に高くなっている。文を出したからと言って、必ず返事が貰えるとは限らない。

多忙を極める静子だけに返事がいつになるかすら判らない上に、既に予定が決まっている宴席は刻一刻と近づいてくる。

そこで静子への橋渡しをできる者へ白羽の矢が立つのだ。男社会ではなく、女社会という独自の世界を通じて。

「まあ、そう言うてやるな。兄上を招いた宴席を成功させれば皆から一目置かれるのじゃ。妻として力になってやりたいと必死になるのが女の性《さが》よ」

「上様は神経質ですから、苦労をする割に得るものが少ないように思いますが……」

「お主はどのようにもてなしておるのじゃ？」

「最近では到着されるとまず湯浴みをなさいます。移動の疲れと汚れを風呂で流し、縁側に出て涼みながら浴衣姿で猫と戯れておられたり、うちの者たちが角力《すもう》を取る様子を眺めておられたりといった感じです。その後は上様の御気分次第で変わりますが、お一人で食事を取られたり、誰かを招いてご一緒に会食されたりなさいます」

「ふむ、静子にとっては当たり前のもてなしだが、他の者にはまず風呂が用意できぬな」

そう評するとさも愉快そうにお市が笑う。信長は気難しいが礼儀を重んじるため、余程の失態を犯さぬ限りは声を荒らげることもない。

ただ箸の進みが悪くなり、口数が減るだけなのだ。しかし、彼のご機嫌を伺う立場からすればその沈黙こそが恐ろしい。

「兄上には最後に甘味を出せば良いのじゃ。少々手抜かりがあろうとも、最後の一品で挽回できる。この間も、それで首が繋がった輩がいたであろう？」

「それを真似て甘味尽くしにした結果、見事にご不興を買った御仁も居られましたよね」

「あれは兄上には甘い物を与えてさえおけば良いと侮ったからであろう。前《さき》の例では己ができる精一杯のもてなしをした上での失態じゃ。失敗は赦せても、侮られて見過ごすわけにはゆかぬ」

「確かに手抜きと言われても仕方ないですね」

それでも万座の席で恥をかかせたのはやり過ぎと感じたのか、後日信長からの礼状が届いたことで辛うじて面目は保てたそうだ。

もてなした側も侮ったつもりはなかったのだろう。『溺れるものは藁をも摑む』、悩み抜いた末に差し出された藁に縋ってしまった結果だが、か細い藁だけで己の全てを支えるには無理があったのだ。

「最後まで力を尽くすことなく、安易な策を弄《ろう》した結果じゃな。兄上の中では静子のもてなしが基準となっておるからのう……食事で気を引くのは難しかろう」

「単に美食に目覚められ、食へのこだわりが強くなっただけでは？」

「兄上は飯は湯漬けで充分と常々仰っていた。他ならぬ静子、おぬしがあれやこれやと旨いものを食わせ、兄上の舌を肥やしたのが発端じゃ」

「まあ……それは否定できませんが、あの上様が美味しそうに食事をされるのを見ると、ついもっと美味しい物を食べさせたくなりまして……」

実際に静子が居なければ、信長の食生活は昔通りの質素なものであっただろうというのは、譜代の臣たちの共通認識である。

お市が言うように、信長が持つようになった食へのこだわりは静子が育てたと言っても過言ではない。

「まあ、いつも通りに料理人を派遣して、指導をさせておくれ。それが一番互いに労が少なかろう」

己の役目はここまでと言わんばかりに話を締めくくったお市は、静子が差し出した菓子に手を付けた。

花街の女

尾張の港湾都市に隣する花街は飛島遊郭《とびしまゆうかく》と呼ばれ名を馳せていた。

日ノ本でも有数の規模を誇り、東国に於いて単に花街とだけ言えば飛島を指すまでになっており、行き届いた衛生管理と治安の高さを理由に、高級歓楽街として確固たる地位を築いている。

治安の高さには理由があり、信長肝煎りの港湾都市に隣接する地域であるため厳しい監視下にあるのだ。

しかし花街の性格上、四角四面に法を守らせては廃れてしまうため、ある程度の自治が許可されていた。

勿論、信長の定めた法の枠組みを超えない範囲に限定され、明確な逸脱が露見すれば厳しいお咎めが待っている。

黎明期《れいめい》こそ、お上《かみ》との腹の探り合いもあったが、既に危険な綱渡りをしてでも儲けたいという愚か者は淘汰され平和を享受していた。

「わっはっはっは！」

そんな飛島遊郭を慶次と兼続は訪れていた。ふらりと気まぐれに立ち寄ったのではなく、暫く顔を見せないと心配される程度には足繁く通っている。

港町で旨い海鮮に舌鼓を打ち、露店を冷やかしては遊女たちへの土産物を買い求め、それらを手にして花街へと繰り出すのがいつものパターンとなっていた。

以前に無断で連泊して大目玉を頂戴したため、二人は必ず予定と居所をそれぞれの監督者へ伝えるようにしている。

「慶次殿、今日はコレをやらぬのか？」

盃片手の兼続が、首を傾げながら腹の辺りを擦《さす》るような仕草を見せる。それを見た慶次が皆まで言うなとばかりに遊女に合図した。

慶次の意図を察した遊女はぱあっと顔を綻《ほころ》ばせると、気品を守りつつも早足に立ち去るという離れ業をして見せる。

楚々とした佇《たたず》まいを守りつつも、うっすらと頬を上気させた彼女が持ってきたものは二胡《にこ》、弦が二本張られた擦弦《さつげん》楽器であった。

擦弦楽器とは読んで字の如く、棒や弓を用いて弦を擦《こす》ることで演奏する楽器を言う。ヴァイオリン等もここに分類される。

「俺の素人演奏がお気に召すとは異なものよ」

「盃を傾けながら慶次殿の奏でる音色に酔いしれる。これがなかなか癖になる」

「私たちも慶次さんの演奏を楽しみにしているわ」

「そこまで言われちゃ仕方ねえ。素人の手慰《てなぐさ》みだが、一曲ご披露《ひろう》仕ろう」

苦笑しつつ二胡を構えた慶次は、音色を確かめるように弦を押さえて弓を滑らせる。流れ出すのは普段の陽気な慶次とは似つかわしくない、何処か物悲しい郷愁《きょうしゅう》を誘う音色だった。

美しくも懐かしい音色が室内を満たし、遊女たちはうっとりと聞き惚れ、兼続は暮れゆく夕景を見つめながらここではない遠くへと思いを馳せている。

好事魔多しのたとえがあるように、心地好い時間というのは得てして長続きしない。曲の転調に合わせるかのように階下から荒々しい物音が聞こえ始めた。

それもそのはず、花街には酒に女に金と揉め事の火種には事欠かないため、いつどこで燃え盛っても不思議ではないのだ。

酔った男の罵声と、食器が割れる音に女の悲鳴が交《ま》じる。無粋極まりない騒音に演奏中の慶次や、曲を鑑賞中の兼続が気付かないはずがないのだが、二人は気にした素振りも見せない。

そんな二人の様子を見た年嵩《としかさ》の遊女が声を上げた。

「お楽しみの処悪いけど、お仕事の時間だよ。威張り散らすしか能のない輩を手玉に取るのはお手のものだろう？」

「あははっ！　姐《ねえ》さんの言う通りよね、ちょっと平和ボケしてたみたい」

姐さんと呼ばれた遊女の合図を受けた数人が階下へと向かう。花街での喧嘩は理由如何に依らず両成敗が原則だが、それでも毎日のように揉め事が起きる。

港湾都市のほど近くという、人の出入りが激しい地域ならではの事情もあるのだろう。

「流石大物は違うね。鼠《ねずみ》は騒いで自己主張せずには居られないんだろうが、泰山《たいざん》はただあるだけで存在を示す。故事とは違い、この泰山が動けばただじゃあ済まないだろうけど」

年嵩の遊女が言うように、演奏を続ける慶次とその音色を楽しむ兼続は収まりつつある喧騒にも我関せずの態度を貫いていた。

部屋の外のことは全て雑音と切り捨て、遊女たちも引き続き時ならぬ演奏会に聞き惚れた。そこからは酒を盃に注ぐ音、遊女が動く際の衣擦れだけが演奏の合いの手となった。

慶次の二胡が尾を引くような音色と共に演奏を終えると、その場に沈黙が下りた。

「流石は慶次さん。良い音色だったよ」

「次は明るい曲が良いなー」

「もう次の曲を催促かよ。まあ、今日は気分が良いから弾いてみるか」

苦笑しつつも慶次は遊女のリクエストに従って明るい曲調を奏で始めた。既に階下の喧騒は絶え、夕暮れの空に慶次の演奏だけが響いていた。

力なき優しさは無責任でしかない

「四六《しろく》。今の私は親ではなく、領主として貴方と対面しています。ゆえに親子の情を期待してはいけません」

何かを口にし掛けた四六の言葉を遮るようにして静子が告げた。場の空気が重みを増すが、静子は気にする様子もなく言葉を紡ぐ。

「困っている人を助けたい、その想いは立派です。しかし、為政者たるもの情で動いてはなりません。成算のないまま情で動けば高い確率で失敗を招き、最終的にそのツケを払うのは民なのです」

「……はい」

「他者を動かすのであれば、まず利を説きなさい。貴方の言に従うことによって、相手がどれだけの利を得ることになるのか、そしてそれはどの程度の投資を要し、どれぐらいの勝算があるのか説明するのです。貴重な他人の時間を頂戴するのだから、その程度の準備はできてなくてはいけません」

静子の淡々とした言葉を耳にした四六は強い羞恥《しゅうち》を覚えた。憐憫から発作的に行動し、それが招く影響についてまるで考えていなかった己の至らなさを悔いた。

哀れな境遇に置かれた人を目にし、助けてやりたいと思ったまでは良い。しかし、己の力ではそれが為し得ないと悟り、庇護者である静子の立場を考えずに縋ったのは間違いだ。

静子は確かに四六の親だが、同時に一国を預かる領主でもある。彼女が私情で動けば、必ずその利から漏れた者から不満が上がる。

「力なき同情は時に毒となるのです。四六、貴方は自分の両手で救える人の数を常に意識しなくてはいけません。神ならぬ身である以上、無制限に救いを与えることなどできないのですから」

「……」

「話は以上です。真田殿に問い合わせて、四六が目にしたという状況の裏を取りましょう」

項垂れていた四六は、静子の思いがけない言葉に思わず顔を上げる。

「四六、貴方には既に力が与えられています。自分なりに調べて助ける必要があると思ったから私の処へ来たのでしょう?」

「ですが、先ほどは……」

「勘違いしてはいけません。情だけで動くことを諫めただけです。貴方は自分の裁量で民を救いたいと願った。私は親として四六の願いを叶えてやりたいと思い、また領主として後継者の成長に必要な投資だと判断したのです」

「母上」

静子は一度瞑目した後、四六を正面から見据えて言葉を紡いだ。

「貴方が私の跡を継ぐことになるかは判りません。しかし、周囲は貴方を私の後継者として見ています。そしてその立場は貴方に相応の力を与えます。その力は決して小さいものではありません。多くの人を動かし得る大きな力は、必ず力の大きさに見合った反動を生じます。貴方はこの失敗から学ばねばなりません」

「はい」

「まずは自分の持つ力を自覚なさい。何ができて、何ができないかを見極めるのです。乱世に於いて力なき正義は無責任の誹《そし》りを免れません。正しく己の力を使う術を身につけるのです」

静子自身が失敗を重ねつつ、少しずつ力を制御できるようになって今の立場を獲得していた。

助けたいと願った静子の手から零れ落ちた命は、今も静子を支える礎《いしずえ》となっている。

己の無力さと、力さえあれば救えた命があると思い知った静子は、弊害があると知りつつも地位と権力を持つようになったのだ。

「さあ、お説教はここまでとしましょう。四六、今回の学びを活かしなさい。貴方が手を差し伸べたことによって、彼らは一時的には救われるでしょう。しかし、同様の境遇にありかつ、救われなかった者たちがどう感じるか、またそれがどのような影響を彼らに与えるのかを知るのです」

「肝に銘じます。母上、ご迷惑をおかけするとは思いますが、何卒宜しくお願い致します」

「構いません。失敗はそれが許される間にするのが最上。失敗から学ぶ者こそが、真に強くなるのですから」

四六は静子の言葉を噛みしめると、深々と頭を下げて部屋を退出した。足音が聞こえなくなった頃合いを見計らって、静子は隣室へと繋がる襖に声を掛ける。

「盗み聞きは感心しませんよ、慶次さん？」

「こういう時に限って勘が鋭いんだな、静っちは」

静子の私室へと繋がる襖を開いて入ってきたのは、ばつの悪そうな表情を浮かべた慶次であった。

「なかなか他人に頼ろうとしない四六が、私に直訴するなんて変ですよね？　誰かしらが四六に入れ知恵したんだろうと考えれば、四六が兄と慕う貴方が真っ先に思い浮かびます。そして慶次さんは、四六を唆《そそのか》したまま放置なんてしないでしょう？」

「こうもお見通しだときまりが悪いな」

静子に指摘された慶次は、口の端に咥《くわ》えたままの煙管《きせる》を上下させながら答えた。

「四六が静っちに相談するように仕向けたのは俺だよ。あいつはなまじ知恵が回るから、やりたいという想いを押し殺してしまう。行動しない傍観者についていく奴は居ないからな」

「そうですか、それを聞いて安心しました」

「弱い立場の人々を助けてやりたいと思える四六は、次に訪れる泰平の世にこそ必要な人間だ。静っちが尻を拭ってやれるうちに、失敗させて学ばせた方が良いだろう？」

「元よりそのつもりです。親の欲目もありますが、四六は優秀な為政者となれる素質があります。できれば私の跡を継いで、領地を治めて欲しいのですけどね」

「先の話なんざ誰にも判らないさ。俺は泰平の世になったら世界の広さを見てみたい。虎太郎《こたろう》爺さんが語ってくれたまだ見ぬ異境を見てみたいんだ」

「世界をまたにかける傾奇人ってのも粋ですね」

「だろう？」

慶次が屈託なく笑みを浮かべ、それを目にした静子もつられてクスクスと笑みを漏らす。

この戦乱で命潰えるならばそれで良し、生き残ったならばまだ見ぬ世界に旅立ってみたい。従来の生き方に固執せず、新たな未来を望む様子は、実に慶次らしいと静子は思った。

未来のことは誰にも判らないが、願わくば慶次が戦乱を生き延びて世界を旅する様を見てみたい。

「静っちは泰平の世になったら何がしたい？」

「そうですね。数人のお供だけを連れて、諸国漫遊の旅かな」

慶次の問いに少し考えこんだ静子は、世直しの旅を続ける老人のドラマを思い出していた。

少年よ、かれいを食らえ

華嶺行者は魁偉《かいい》な風貌の持ち主であるため、静子邸どころか近隣でも名の知れた存在だ。

街中にあればまだ行者か山伏にも見えようが、山中で出くわせば天狗や妖怪の類にしか見えない。

先日も華嶺行者が夜の山中を疾駆していると、焚火らしき明かりを見つけた。そろそろ食事でも取ろうと思っていた矢先であったこともあり、渡りに船と火を貰おうと近づいた。

果たして焚火を囲んで車座になっていた薄汚れた男たちは、闇の中に焚火の光を受けて浮かび上がる華嶺行者の姿を見るや否や絶叫して逃げ出した。

いたく形容しがたい沈黙が下りた場には、華嶺行者と両腕を後ろ手に拘束され猿轡《さるぐつわ》を噛ませた状態で転がされている少年のみとなった。

少年は目が零れ落ちる程に見開いて驚愕していたが、しばらくすると絶望したのかきつく目を瞑って体を強張《こわば》らせた。

少年が絶望して死を覚悟したのは無理からぬことだった。何せこの時の華嶺行者ときたら、夕暮れ前に仕留めた若い牝鹿を肩に担ぎ、内臓は傷みやすいため廃棄したものの歩いていれば血抜きになるだろうと、首から血を流す牝鹿の頭がぶら下がっているのだ。

離れた位置からでも濃密に漂う血臭と、血に濡れた鹿の毛皮が発する獣臭は大型肉食獣を思わせた。迫りくる死そのものである華嶺行者は、しかし焚火の前にどっかりと座り込んだ。

少年が身を固くしていると、おもむろに腰の辺りを摑まれ、凄まじい力で引き寄せられた。少年は己の体に獣の牙が突き立つのを覚悟していたが、一向にその瞬間は訪れない。

それどころか、如何なる妖術によるものか、己を拘束していた荒縄と猿轡が消えており、自由を取り戻せたことに気が付いた。

「お……俺は助かったの……か?」

少年は己の無事を確かめながら周囲を見回し、最後に焚火へと目をやった。果たして焚火を挟んだ向かい側に、満面の笑みを浮かべた華嶺行者が居た。

声も上げず、逃げ出しもしなかった少年を褒めたいところだが、実の処は脚が震えて立ち上がることすらできなかったのだ。

沈黙したまま笑みを浮かべ続ける華嶺行者を少年は見つめた。いかつい容貌だが、笑みを浮かべていると不思議な愛嬌があり、ここで初めて少年は相手が人型の何かであると気が付いた。

「御身《おんみ》は山の神であられるや？」

少年は震える声で対面の怪人に語り掛けた。

「はっはっは。拙僧はそんな大層なものではござらぬ。火種をお借りしようと参った旅の僧侶でござる。難儀しておられた様子だが大事ないかな？」

目の前の存在が自分と同じ人間だとは信じがたかったが、華嶺行者の泰然とした様子と落ち着いた口調に少年の緊張は少しずつ解けていった。

「命を救って頂いたというのに失礼した。まことにかたじけない」

「拙僧は何もしておらぬよ。面《おもて》をあげられよ」

華嶺行者の言葉通り、彼は実際に何もしていない。勝手に相手が逃げ出しただけのこと。少年の拘束を解いたのも片手間でしかない。

「某《それがし》は……家名はもう名乗れぬな。某は七助《しちすけ》と申します、お見知りおき下され」

「ふむ、何やら訳ありのご様子。拙僧は華嶺と申す、親しい者からは華嶺行者と呼ばれておりまする」

一瞬言い淀んだだけで訳ありだと見抜いたものの、それについて問うこともなく会話を続ける華嶺行者と少年は次第に打ち解けていった。

その身一つで諸国を渡る華嶺行者の話は面白く、確かな知性を感じさせる話しぶりとは真逆の破天荒な行動に少年は腹を抱えて笑い転げた。

冷たい地面に転がったまま空を見上げると、樹冠の合間に蒼白い月が見えた。七助はこれ程までに笑ったのは、一体いつぶりだろうと記憶を振り返った。

そして一瞬渋面を浮かべたが、ふと眉を緩めると身体から力を抜いて話し始める。

「ここで会ったのも何かのご縁。華嶺行者どのの話とは比ぶべくもないが、某の身の上話を聞いては頂けまいか？」

「かつては仏門に身を置いたこともあり申す、迷える衆生の話を聞くのに否やはござらぬ。気負わず話されよ」

そうして七助の口から語られたのは、戦国の世ではありふれた物語であった。

名前に七が入っていることからも判るように、子だくさんだった七助の兄弟たちは、父親の急死を機にして骨肉の跡目争いをすることとなった。

紆余曲折《うよきよくせつ》あったものの七助は争いに敗れ、己を支持してくれた者たちによって逃がされたことにより、国許を追われた放浪の身の上となったのだ。

跡目争いをするほどの家であるため、今まで旅などしたこともない七助は、すぐに路銀を使い果たしてしまい食うや食わずの生活となっていた。

狂おしい程に腹は減っているのだが、どうしても己の矜持《きようじ》が邪魔をして盗人に身を落とすことができず、いっそ死ねば楽になるのではないかと思い立って山へ足を運んだのだった。

「そうして山中を歩いていると、前《さき》の山賊が如き連中と鉢合わせとなり、これだけはと売らずにいた懐刀を始め、身ぐるみ剝がされた上に人買いに売られる寸前だった」

「なるほど苦労をされたのであろう。しかし、死にたいとは穏やかではござらぬな」

「某の人生はお家のためにあったのだ。しかし、お前は要らぬと断ぜられ、それでも何とか生を拾ったが、家から離れた己の無力さに呆れ果て、生きることに疲れ申した」

「ふむ、なれば七助殿。拙僧が一つ飯をご馳走しようではないか。腹が減っているからつまらぬことを思い悩むのでござろう」

「なっ！　幾ら恩人といえども、つまらぬこととは聞き捨てならぬ」

「まさにそれでござろう？　腹が減っているから激し易い。そうは待たせぬゆえ、しばし寛いでおられよ」

激昂して食ってかかる七助の怒りを、華嶺行者は柳に風とばかりに受け流し、背負っていた背《はい》嚢《のう》から大きな鉄鍋を取り出すと火にかけた。

七助は華嶺行者の手際の良さに怒りも忘れて見惚れていた。

華嶺行者はその辺りに転がっている石やら木片やらを巧みに使って、瞬く間に即席の竈を組み上げる。

焼けた鍋肌から煙が上がるのを待って、華嶺行者は懐から油紙に包まれた白い脂身を取り出して鍋に落とす。

白い脂身が熱されて透明な油となると、甘いような香ばしいような匂いが辺りに漂い始めた。思わず七助が喉を鳴らすと、華嶺行者は拾ったのであろうオニグルミを素手で割って中身を取り出し、これも採取したのであろうむかごと一緒に炒め始める。

油にクルミの香りが移ったところで、牝鹿の背肉を一口大に切って次々と鍋に放り込んだ。肉の焼ける芳香が立ち上ると、七助は走り出したいような気持になった。

更に華嶺行者はチチタケやタマゴタケ、乾燥させた行者ニンニクなども放り込むと水を注ぎ、七助の方を見てニヤリと笑うと大事そうに取り出した容器から何やら黄色い粉を鍋に一摑みほど投じた。

その時生じた変化を七助は終生忘れられないだろう。悪く言えば山菜のアクなどが浮いたドブのような汁が、この世のものとは思えない程に華やかで馨《かぐわ》しい煮物に変じたのだ。

死のうと思っていた七助の体は、生命力の塊のような香りに素直に反応した。即ち、盛大にぎゅるりと鳴いたのだ。

「ほれ、体は正直であろう？　頭で死にたいなどと思ってみても、旨そうな食い物を前にすれば生きたいと叫ぶのが人というものよ」

「くっ！　しかし、某はこれほどまでに腹が空く匂いを嗅いだことがない。一体何と言う料理でござろう？」

「ふふふ。これこそが見果てぬ天竺《てんじく》の香り、拙僧の名として頂戴した至高の逸品、号して『かれい』と称す」

「かれい……」

ごくりと七助の喉が鳴る。充分に火が通って煮えたところで、華嶺行者は木椀にたっぷりとカレー汁を注いで七助に持たせてやった。

「本来は炊き立ての飯に掛けて食すのが極上なれど、山中ゆえに汁とした。さあ、存分に食されよ。これが『かれい』！　これこそが生きる意味というものよ！」

七助は華嶺行者の言葉を殆ど聞いていなかった。汁から立ち上る香りを胸いっぱいに吸い込むと、脳髄が痺れたようになる。箸で具材を摑む時間も惜しいとばかりに、木椀に直接口を付け流し込むかのように掻き込んだ。

誇張ではなく七助の瞳孔は開き、全身の毛穴から汗が噴き出す。舌では旨みと辛みが爆発し、脳には絶え間なく快楽が走り続けた。

少年らしい旺盛な食欲で一息に椀を平らげると、無言で華嶺行者に差し出す。華嶺行者はその様子を微笑ましく見守り、溢れる程に中身を満たして返してやった。

そこから二人は口々に快哉を叫びながら、魅惑の料理に酔いしれその素晴らしさを讃《たた》え合った。

「ぶふう……も、もう入らぬ……」

七助は鱈のように膨れ上がった腹を晒して仰向けになっていた。

華嶺行者は最後の一滴まで鍋底を浚って食べつくすと、七助と同じようにごろりと身を横たえた。

「さて、七助殿。まだ死にたいと思われるかな？」

「くふふ……意地悪を申されるな。これ程の体験をして死にたい等と思うはずがない。なるほど、腹が減るから下らぬことを考えるとは至言であった」

「そうであろう？　拙僧はこれを食したいがために仕官し、かれい粉を欲しいだけ下さる主に御恩を返しておる」

「世はこんなにも素晴らしいものに満ちておる。某が勝手に世を儚《はかな》み、己が境遇を恨み、ままならぬ世を嫉《そね》んで素直に見ようとしておらなんだのだな」

「七助殿よ、行く宛がないのであれば拙僧の主に仕えぬか？　何はさておき、飯は腹いっぱい食わせて頂ける上に、かれいのような素晴らしい料理を味わわせて頂けるぞ？」

「折角だから、お言葉に甘えるとしよう。ただ旨い飯を食べるために生きるというのも一興」

「然様《さよう》か。ならば今宵は山を枕に月を眺めて眠るとしよう。朝になれば山を下りて、我が主の許へと向かおうぞ」

そう言うと華嶺行者は寝息を立て始め、その様子を苦笑しながら横目で見ていた七助も膨れ上がった腹を撫でながら目を閉じる。

破天荒だが魅力溢れる華嶺行者が主と仰ぐ存在。まだ見ぬ主君を妄想しながら七助は眠りに落ちていった。

退屈しのぎ

封建社会に限らず現代に於いてさえ、権力者に近しい人物、とくに配偶者などは隠然とした権力を持つ。

史実に於ける豊臣政権下では、天下人となった秀吉の正室であるねねは、時に秀吉を掣肘《せいちゅう》（動きを妨げる）できる程の影響力を誇った。

これは時代が下って江戸時代になっても変わらず、むしろ大奥という独自の社会が形成されたこともあって、その傾向に拍車が掛かった。

夫である将軍亡き後も絶大な影響力を振るった御台所すら居たという。

天下人と目される信長の正室たる濃姫もまた、領地や軍勢を持たずとも絶大な影響力を持っていた。

「遊びに来たぞ。妾の無聊《ぶりょう》を慰めておくれ」

「私の家は見世物小屋じゃありません」

静子の抗弁を右から左へと聞き流し、濃姫は上品に微笑んで見せる。

信長の安土入りを機に、静子邸に逗留していた濃姫だったが、信忠が岐阜《ぎふ》城へ入城したのと時を同じくして彼女も岐阜城へと居を移していた。

本拠を岐阜に据えて尚、濃姫は折に触れては岐阜城を抜け出し、お忍びと称して静子邸を訪ねるということを繰り返していた。

当然ながら周囲は良い顔をしないのだが、濃姫が行動を慎《つつし》むはずもない。近侍たちが信長に泣きついても「好きにさせておけ」と放任されていた。

城主である信忠自身も濃姫が大人しくしているなどとは思っておらず、配下に時折様子を報告するようにさせていたのだが、不思議と彼女が不在にしていても奥向きに問題が発生しないのだ。

かつては濃姫の不在にかこつけて下剋上を企むという暴挙に出る者もいた。しかし、その悉くが不慮の事故によって命を落としたとなればどうだろう？

下剋上を企《くわだ》てた本人は勿論、その行動を看過していた親族にすら累が及んだことから、災いの芽が出る前に身内に摘まれるようになり秩序が保たれている。

「近頃は気骨のある者がおらぬのでつまらぬ。妾に牙を剝かんとする若人《わこうど》を年寄りが押さえつけるゆえ、揶揄《からか》い甲斐がなくて手持無沙汰じゃ」

「わざわざ獅子身中の虫を育てようとしないで下さい。何も起こらないのが一番じゃないですか」

「若い者はどんどん上を目指して野心を抱くべきなのじゃ。その結果、身を滅ぼすのも若人の特権よな。とは言え後進を絶やすわけにもいかぬゆえ、仕方なく間者で遊んでおるのよ」

「先日、間者が献立表を盗み出そうとしたという訳の判らない報告があったのですが、さては濃姫様の仕業ですか？」

尾張には静子と真田昌幸の手によって構築された監視網が存在する。蜘蛛の糸のように張り巡らされた網から逃れることは難しい。

そしてこの網に岐阜城から文書を持ち出そうとした間者が引っかかった。当然のように捕縛され、厳しい尋問の果てに間者が持ち出した文書の隠し処を吐いた。

逃げきれぬと悟った間者が隠した文書を見つけ出したとの報告を受けた昌幸は、その文書を前にして困惑する。

間者が命懸けで持ち出そうとした文書とは、静子邸の厨房が定期的に発行している献立表であり、わざわざ盗み出さずとも厨房に張り出されている公開文書だったからだ。

「如何につまらぬ物であっても、重厚な外箱にしまってやれば機密文書に見えるものよの」

「あー……大事そうに隠す様子をわざと間者に見せつけましたね？」

「漆塗りの桐箱に入った献立を大事そうに抱える間抜けの姿は見ものであった」

「手の込んだ悪戯をなさる」

「遊びは全力でやるからこそ面白いというものよ」

（遊ばれる側は堪ったもんじゃないんですけどね……）

突っ込み疲れた静子は、口に出すのをやめて心の中で呟くにとどめた。濃姫は静子の私室に当然の様に居座ると、勝手知ったる他人の家とばかりに寛ぎ始める。

既に恒例となってしまった濃姫の行動ゆえ、普段は静子の私室を根城にしている動物たちも姿を見せない。

中でも濃姫が来ても図太く居座り続けたマヌルネコの丸太《まるた》は、散々に可愛がられることとなった。そのため、丸太は濃姫の匂いを感じ取ったのだろう押し入れの天袋に隠れてしまい出てくる様子もない。

「南蛮の果実はなんとも香り高い」

そう言いながら濃姫が口に運んでいるのは静子の果樹園で収穫されたマンゴスチンであった。今もなお取り扱い品種を増やし続けている果樹園だが、中でもマンゴスチンは奇跡の産物であった。

種の状態から収穫可能となるまで五～六年を要するマンゴスチンは、発芽から最低でも二年ほどは遮光率七割で育て、三年目以降は光に当てて育てる必要があるなどと栽培条件が難しい。

そうした栽培条件を見つけ出すまでに幾本もの苗が立ち枯れてしまい、最終的に鉢植えにして育てた数株がようやく実を結んだのだ。

「こればかりはここでしか味わえぬ。足しげく通った妾の特権よの」

「私の果樹園なんですけどね。種さえしっかり残して頂ければ、少々召し上がっていただいた処で問題はないのですが……少しは遠慮する素振りぐらい見せて下さい」

「水臭いことを申すな。妾と静子との間に遠慮など不要じゃろう?」

(ああ言えばこう言うって見本だよね)

口では勝てないと悟った静子は心の中で嘆息する。しかし、自分が丹精込めて作った果実を濃姫が童女のように喜んで口にする様子は作り手冥利に尽きるというものでもあった。

結局、濃姫が遠慮をすることはなく、その後も彼女が満足するまで居座り続けた。

忘れ去られた話

信長の妹にあたるお市は、娘である茶々《ちゃちゃ》、初《はつ》、江《ごう》と共に静子邸で生活している。

かつては信長の正妻である濃姫も静子邸に逗留《とうりゅう》していたのだが、義理の息子である信忠の岐阜入城に合わせて、居を岐阜へと移した。

とは言え、静子と没交渉となることなく、折に触れて尾張の静子邸を訪ねては振り回すということを繰り返している。

余談だが濃姫が岐阜城へと入ると共に、彼女の弟にあたる斎藤利治《さいとうとしはる》が信忠の側近に着任した。

居候であるお市たちは肩身の狭い思いをして過ごしているはずもなく、生活の利便性と衛生水準だけで言えば日ノ本一と名高い静子邸で何不自由なく暮らしていた。

「さて初よ、今日は何をして遊ぶ？」

腰に手を当てて胸を反らしながら茶々は妹である初に声を掛けた。静子邸には他所にはない興味を惹かれるものが沢山あるが、あくまでも大人向けのものが多く、貴重な書物や名画でさえも彼女達には色褪《あ》せて見える。

一応静子邸には子供向けの遊具や知育玩具も存在し、中庭の池に小舟を浮かべることすらできるのだが、危険が伴うものについては大人が付き添うことになっており、彼女達のお眼鏡には適わない。

「姉《あね》さま！　かるたはどう？」

「わらわと初では勝負が見えておる。負けると判っている勝負は好かぬ。どちらが勝つか判らぬ遊びがしたい」

「図書館の禁書庫に侵入は？」

「どちらが先に見つからぬよう潜り込めるかを競うのは面白かったが、あそこまで叱られるのでは割に合わぬ」

　以前に実行した際、あと少しという処で彩に見つかってしまい。お市から尻が赤くなるほど叩かれた上に、一週間にも亘ってオヤツ抜きという厳罰が下された。

　本当ならば自分達も口にできたはずのお菓子を他人だけが食べる。その様子を指を咥えて見ているのは子供心にもトラウマとして刻まれている。

「それよりも姉さま。今日の課題は終わったの？」

「ふふふ、姉は賢いからの！　終わらせたゆえ遊んでおる」

「おおー！　さすがは姉さま。でも彩が姉さまを捜しておりましたよ？」

「は……はて？　何の用じゃろう？　まあ、大した用事ではあるまい！」

露骨に視線を逸らして茶々は嘯いた。茶々は課題を終わらせたとは言ったが、全ての回答欄に何かを書きこんだだけであり、真面目に取り組んでいないことは一目瞭然であった。

課題が回収され、教師が採点する段になってサボタージュが発覚し、彩が茶々を捜しにきた頃には二人とも学習室を抜け出した後だったという状況だ。

「そんなことより夕餉《ゆうげ》まで何をして遊ぼうか？　今日の夕餉には天ぷらが出るゆえ、腹を空かせておかねばならぬ！」

「どうして姉さまが献立を知っているの？」

「なに、静子の許へ見たこともないような立派な海老が届いての。静子が厨房の者と天ぷらにしてはどうかと話しておったのじゃ。あんなに大きな海老なのじゃ、さぞ美味であろう！」

「なるほど静子の言葉ならば間違いありませぬ。てっきり、また姉さまがつまみ食いをされたかと思いました」

「またとは何じゃ！　そう度々はせぬわ！」

茶々はぷりぷりと怒りながら初の柔らかい頬を軽く引っ張る。突きたての餅のように柔らかく、むにむにと変形する頬を弄ばれていても初はされるがままになっている。

「あ！　姉さま、後ろに彩が！」

「ひいっ！　初、逃げるぞ！」

「見間違いでした。すみませせぬ」

「初は人騒がせじゃのう……肝が冷えたわ。それにもう少しこの姉を見習って愛想良くせぬか？」

「姉さまの本性はこっち」

「何ぞ言うたか？」

愛想が良いのは外面だけで、中身はわんぱく極まりないということを初は拙い語彙で指摘する。痛いところを突かれた茶々は姉の威厳を以て封殺し、初も口に両手を当てて沈黙する。

そんなコントのようなやり取りをしていた二人だが、ふと本来の目的を思い出し、手を繋いで屋敷内を散策し始めた。

大人の高い視点からは丸見えなのだが、子供なりに隠れている様子の二人を家人たちは見て見ぬふりをしてくれる。

「何ぞ面白いものはないかの……ん？」

自分達の興味を満たしてくれるものを探していると、茶々は遠くから猛烈に甘い香りが漂っていることに気が付いた。

静子邸にはこの時代では考えられない程に甘味が充実している。しかし、それでも生産量的に砂糖はまだまだ高級品。四季折々の果実なども手に入る静子邸では、砂糖がふんだんに用いられた菓子は垂涎《すいぜん》の的だ。

「初よ、気付いておるか？」

「はい、姉さま。向こうの方から匂いまする」

二人は顔を見合わせると、抜き足差し足で香りの発生源へと向かった。この先にあるのは静子の私室から襖一枚を隔てた側近の控え室である。

またぞろ静子が何か新しい甘味を思いついて試作し、それを側近にでも振る舞おうと用意しているのだろうと二人は推測した。

控え室の主である才蔵は、それほど甘い物が得意ではなく、普段は渋い茶をすすりながらそれでも静子から頂戴した菓子だからと苦労して食べている。

無理をして食べるぐらいならば、甘い物が大好きな自分達が食した方が甘味も嬉しかろうと二人は考えていた。

「おお！」

茶々と初が襖の隙間から室内を覗き見ると、部屋の中央にちゃぶ台が置かれ、その上にでんと小麦色の焼き菓子が鎮座しているのが見えた。

二人が知る由もないが、それはスイスの伝統菓子である『エンガディーナ』と呼ばれるものであった。

砂糖と水飴を低温で煮詰めナッツ類やドライフルーツを絡めて冷やし固めた『ヌガー』を、クッキー生地に包んで焼き上げたカロリーの爆弾とでも言う存在だ。

焼きたての小麦が香ばしく薫り、内包されたヌガーやドライフルーツの暴力的なまでも甘い香りが早く食えと騒ぎ立てる。

冷静になれば不自然極まりない菓子の配置に気付けたであろうが、甘い香りに魅了された二人が罠に気付くことはなかった。

「いただき──うわっ！」

皿の上の焼き菓子に手を伸ばそうとした瞬間、真上からバサリと広範囲に何かが落ちて広がった。茶々と初は突然の出来事に対応できず、覆いかぶさってきた物の重さに膝を突く。

「な、投網《とあみ》じゃと!?」

「姉さま、動けませぬ」

二人に覆いかぶさったのは狩猟用の投網であった。端々に錘《おもり》が付けられた投網は、素早く対象に覆いかぶさり抜け出す暇《いとま》を与えない。

網自体がそれなりに重量があるため、幼い二人は髪の毛が絡まったこともあってまるで身動きが取れなくなっていた。

「これほど容易く引っかかるとは……もう少し注意力を鍛えねばなりませんね」

「あ、彩！　何故ここに？」

「それは茶々様がお考えの通りです」

網から抜け出そうと闇雲にもがき、ますます身動きができなくなっていく二人を冷徹な目で見つめるのは彩であった。

「わらわは織田家に連なる姫なるぞー!?」

「存じておりますが、お母上より存分にお灸を据えるようにと申しつかっております」

彩とて幼子に手荒な真似をするつもりはない。しかし、茶々は己の立場を利用して度々問題を起こしては逃亡するということを繰り返す。

初が自発的に問題を起こすことは稀だが、姉と一緒になると二人で連れ立って問題を起こすようになる。

一人で動き回れない江は元より、茶々さえ抑えこめれば残りの娘は大人しいため、お市や彩は茶々にだけ容赦がなかった。

「くぅ！　母上の裏切り者め」

「お市様は茶々様を何処に出しても恥ずかしくない淑女にしようとされているのです。今のままでは山猿も斯《か》くやという始末、嫁はおろか他家にすら連れてゆけぬとお嘆きです」

「むー！」

この時代の女は政治の道具である。最終的には他家へと嫁ぎ、孤立無援の状況で生き抜かねばならない。母であるお市は、そのための武器として教養を、強《したた》かさとして処世術を身につけさせようとしていた。

「さて、茶々様。貴女には何故勉強をしなければならないかをご理解いただかなければなりませぬ。勉学の良い処は、一度身につければ誰にも奪えない処にあります。道具や財貨と異なり、どのような状況であっても貴女の武器となるのです。さあ、まずは課題のやり直しからですよ！」

「次こそは逃げ切ってやるぞー！」

彩に引きずられる茶々は捨て台詞を吐いた。図らずとも折れない心と、逆境に負けないバイタリティーは育っているようだった。

北条家の失敗

東国に属する国々は沈黙を保ちつつも反織田の姿勢を崩そうとはしない。三河《みかわ》の徳川は織田と同盟を結び、越後の上杉は織田に臣従しているが、その他の国々は隙あらば織田にとって代わろうと雌伏を続けている。

しかし、実際に彼らが武装蜂起することはない。彼らが信長に手を掛けようとすれば、その前に立ち塞がる尾張を抜かねばならないのだが、それが難しい。

信長の御座所である安土を目指すなら、進軍ルートは自ずと関ヶ原を通る経路に限られる。ぐるりと迂回して日本海側からアプローチすることも可能だが、結局は織田配下の上杉家とぶつかることになる。

上杉とことを構えれば、尾張・美濃の織田勢が黙っているはずもなく、尾張を直接狙うよりも不利な状況に陥ることは必定だ。

「つまりは尾張を突かねば、我らは弾正忠《だんじようのちゆう》（信長のこと）に迫ることすらできぬというのか！」

北条家の軍議で、武将の一人が声を上げる。苛立った様子を見せる彼の言に、軍議の場に参じている諸将は誰しも言葉を返すことができなかった。

北条家としては織田家と真正面から総力戦を挑むことができない。武田家の衰退が著しい現状、北条家単独で当たる必要があり、少しでも勝率を上げるには敵地へ攻め込むのではなく、防備の整った自国で迎え撃つしかない。

防衛戦でしか勝ち目がないというのに、時間を置けば織田方が有利になるという状況であり、有《あ》り体《てい》に言ってしまえば北条は詰んでいた。

直接口にすることこそないものの、誰しもが織田に対して牙を剝いたことを後悔していた。彼らの頭領である北条氏政としては、一度も刃を交えることなく織田の軍門に降るという選択肢はなかったのだ。

(現状を嘆いても状況は好転せぬ……織田を侮り過ぎたな)

軍議が停滞しているのを眺めながら、板部《いたべ》岡江雪斎《おかこうせっさい》は心中で唸っていた。

北条家の使者として信長と謁見をすべく安土へ赴こうとした彼は、その途中で主要な織田勢力下の領土の現状を目にしていた。その上で帰国後に主君である氏政へ、彼我の戦力差をありのままに報告している。

彼の見立てによれば、隆盛を極める織田との敵対は得策ではない。可能ならば織田との敵対を避け、融和路線へと舵を切るように進言したのだった。

しかし、彼の願い虚しく氏政は武田を筆頭とする東北勢力と連携し、織田家を打倒する決定を下した。

（現状のまま推移すれば我らに勝ち目はない。勝てずとも負けぬ道は膠着《こうちゃく》状態に持ち込み、少しでも良い条件で講和を結ぶしかない）

江雪斎は北条家が勝利する未来を想像できなかった。無論、北条家の右筆であり、氏政の秘書や外交僧をも務める彼が、絶望的な未来を語ることはない。

難攻不落と名高い小田原城の存在が、辛うじて一筋の光明を齎し、北条家が生き残る講和の道を繋いでいるに過ぎない。時間は織田方に味方する以上、早期に手を打たねば状況が悪化する可能性が高かった。

（この場で我が方の不利を口にすることはできない。癪《しゃく》だが状況は近衛の娘が言う通りになったか……）

忌々しげに眉を寄せると江雪斎は密かにため息を吐いた。信長との謁見を橋渡ししたのが他ならぬ静子であった。江雪斎は彼女に信長との間を取り持って欲しいと頼んだ際に翻意《ほんい》を促されていた。

静子は繰り返し江雪斎に信長との面会を諦めるように説き伏せた。しかし江雪斎としても、はいそうですかと引き下がるわけにはいかない。

折衷案として面会は叶わずとも、せめて親書だけでもと静子に託して結果を待った。しかし、信長からの返事は彼が期待したようなものではなかった。

『話すことはない。貴殿らは思うように有終の美を飾られよ』

信長からの返書には要約すると前述のような旨が記されていた。つまり信長は北条を攻め滅ぼすことは確定事項であり、交渉の余地はない。思うさまに足掻いて武士の本懐を遂げよと言っているのだ。

要するに信長には北条家を攻め滅ぼすだけの勝算があり、既にその準備も終えていると察した江雪斎は、信長の懐刀と名高い静子に交渉を持ち掛けた。

しかし、静子から返ってきた言葉は彼を絶望のどん底へと突き落とすものでしかなかった。

『遅きに失されましたね。既に上様は方針を決めておられます。織田方の誰であろうと交渉の余地はありません。国許へとお戻りになり、その旨をお伝え下さい』

こうして信長との交渉は決裂した。否、最初から交渉の余地すらなかったのだと悟った江雪斎は、失意のうちに相模国《さがみのくに》へと戻ることとなった。

彼が持ち帰った情報を元に軍議が開かれているが、同時に織田家の隆盛ぶりと権勢をも知る処となり、軍議の場はお通夜の会場さながらとなっている。

「遅きに失した。確かにそうであろう。しかし、痩せても枯れても東国の雄である北条とことを構えるというのに、己の勝利を微塵も疑っていない様子が気にかかる……」

江雪斎はそう独り言《ご》ちた。大いくさを前にしているというのに、静子という女性《にょしょう》からは気負いや不安が感じられなかった。

江雪斎は勝てずとも負けはしないと踏んでいるのだが、彼女の落ち着き払った態度が一抹の不安として彼を苛《さいな》み続けていた。

天正四年　隔世の感

千五百七十七年　一月下旬

年が明けた。暦の上では天正四年（１５７６年）となり、史実に於いて信長が安土城の築城を開始した年となる。

史実と比して一年早く完成した安土城にて信長は新年を迎えた。尾張は勿論のこと日ノ本全体の情勢も、従来の歴史と比べると大きく変わりつつある。

特に民の目線から見た織田家は隆盛を極め、逆に戦国最強の名をほしいままにしていた武田の凋落が著しい。

誰が口にしたわけではないが、新年こそは日ノ本の勢力図が大きく書き換わる激動の年となるだろうと考える者も多かった。

対する西国の雄たる毛利や、東国の要《かなめ》である北条にとっては忸怩《じくじ》たる思いを新年早々に噛みしめることになる。

民たちの下馬評に依れば、自分達は順当に倒されて然るべきだと認識されており、またそれを覆せるだけの存在感を示せていないのも事実であった。

「いくさを始める前に勝敗は既についているって常々言ってるんだけれど、心情的にも蓋を開けるまでは判らないと思いたがるのが人情なのかな？」

そう呟きつつ静子は目の前に鎮座する漆塗りの重箱へと箸を伸ばした。彼女が口にしているのは四段重ねの重箱に詰められていた御節《おせち》料理である。

展開された各々の重箱には昨年の暮れより仕込まれた料理がぎっしりと詰め込まれ、色とりどりの料理と重厚な漆器が織りなす対比が目を楽しませてくれる。

そもそも『おせち』とは、中国より伝わった節供《せっく》（節《せつ》と呼ばれる季節の変わり目ごとに、豊作を祈念または感謝してお供え物をした）の行事に端を発し、我が国では奈良時代に朝廷で執り行われた節会《せちえ》に起因する。

とは言え奈良時代の『おせち』は現代のそれと異なり華やかさとは程遠く、飯と高盛《たかもり》に載せられた膾《なます》や煮物、汁物、焼物といった質素なものであった。

静子達が口にしているような重箱詰めのおせち料理が一般的になったのは、史実上では明治時代の頃だと言われている。

元々『おせち』という言葉は、五節句《せっく》の一つである正月七日に当たる人日《じんじつ》に出された祝儀料理全てを指していた。

因みに他の節句は、三月三日の上巳《じょうし》、五月五日の端午《たんご》、七月七日の七夕《しちせき》、九月九日の重陽《ちょうよう》とがある。

現代に於いても雛祭りに象徴される三月三日の『桃の節句』、子供の日として認識されている五月五日の『端午の節句』、織姫と彦星の物語や、願い事を書いた短冊を笹に吊るす『笹の節句』こと七夕《たなばた》として我々の生活に根付いている。

「北条はこの期に及んで尚、内輪で揉めておると聞いた。組織を構成する人々が変わらぬ限り『小田原評定《おだわらひょうじょう》』（長引くだけで結論を出せない会議などの意）も変わらぬようだ」

重箱とは別に用意されている蛤《はまぐり》のお吸い物を片手に、足満が静子の問いに答える。彼は自分の取り皿に栗きんとんを山盛りにし、先ほどから手酌でお酒を飲んでいた。

意外に思われるかもしれないが、甘い栗きんとんと辛口の清酒の組み合わせは相性が良く、また栗きんとんと対を成す蛤のお吸い物を口にすることで延々と食べ続けられてしまう。

現代にも伝わるような重箱詰めのおせち料理には、厳密な決まりが存在しない。そのため、二段や三段のものから五段を超える豪華なものも存在する。

しかし、それでも強《し》いて言うなれば四段のお重こそが正式なものとされる。これは数字の三が完成や安定を示すため、その上に一つ段を積み上げるという発展性を願っての験担《げん》ぎであったり、四という数字が四季を表し、一年を内包するとされたりするためだ。

ただし、四《し》は死を連想させることから縁起が悪く、四《よん》を与《よ》と言い換えて与の段と呼んだとされる。

これも後年にできた作法ではあるが、重箱にも様式が定められており、外が黒で内が朱のものが正式な色合いとされている。

詰める料理にも定番が存在し、静子は一の重にかまぼこや黒豆の他に祝い肴を、二の重には鯛や鰤《ぶり》、海老といった縁起が良いとされる海の幸の焼物を、三の重には紅白膾《なます》や酢れんこんなどの酢の物を、与の重には里芋など山の幸を使った煮物を詰めている。

「お世辞にも農業に適しているとは言えない関東の地で王道楽土を作り上げ、関八州国家の盟主であり関東の王と呼ばれた手前、矛を交えずして降伏はできないってところかな？　武田侵攻が三月にも始まるから、それまでに我々の想定を超える起死回生の一手を打てないなら詰んだ状態は覆らないね」

「恐らくは史実通りに結論が出せずに滅ぶのだろうな。しかし優勢とは言え油断は禁物だ。窮鼠猫を噛むの故事もある」

「勝って兜の緒を締めよって言うしね。一寸先は闇だよ、剣呑《けんのん》、剣呑」

慢心した挙句に詰めをしくじり、最後の最後で逆転されたら目も当てられない。世間的には東国征伐に一度失敗しており、捲土重来《けんどちょうらい》を期しての攻勢だ。

今回東国を攻めきれずに引き分けたり、ましてや敗北を喫したりした場合、織田軍全ての強さを疑われることになり得る。

ことは静子一人の失敗にとどまらず、織田軍のひいては信長が天下人として相応しいかどうかを問われることになりかねない。

疑問を挟む余地すらない完全なる勝利を収める必要があった。

「東国が片付けば、程なくして毛利は落ちる。となれば残すは九州勢のみとなろう。そう言えば東北の伊達《だて》家はどうなった？」

「奇妙様が対北条戦の一環として色々と揺さぶっておられるけれど、中々良い返事がないみたい。ただし、これも時間の問題だと思う」

「北条に対する経済戦争の推移を見ても考えを変えぬのならば、次代を担う資格はない。残された猶予は少ないが、さて先進的な輝宗《てるむね》殿はどう動くか？」

「私達にも物流の限界があるから、早い段階で降ってくれれば奥州《おうしゅう》一帯の統治を任される可能性があるんだけれど……そこに気付けるかどうかだよね」

北条氏は関東一円だけに飽き足らず、東北へも手を伸ばし伊達や蘆名《あしな》、佐竹《さたけ》にも協力を取り付け巨大な反織田連合を結成している。

名目上は結束しているものの、その実態は一枚岩とは到底言えない。伊達と蘆名は互いに勢力争いを繰り返しているし、佐竹はあくまでも協力関係にあるだけで北条に従属している訳ではない。

地理的にも近畿から中部・東海地方を主軸としている織田連合に対する影響力は微々たるものだ。反織田連合というよりも相互不可侵及び、窮地に陥った際に相互支援するという枠組みというのが精々だ。

そうした状況を鑑《かんが》みた上で、かつて本願寺が盟主となって作り上げた反織田包囲網よりも結束力が脆いと判断し、信忠は成長の余地があるものの、苦境を脱しきれていない伊達家に白羽の矢を立てて調略を試みていた。

勿論、二重三重に保険を掛ける意味でも、蘆名や佐竹に対しても揺さぶりを行っている。

史実に於いては伊達家が奥州を統一して東北の覇者となるため、将来性をも考慮している。しかし、現時点での梵天丸《ぼんてんまる》（伊達政宗《まさむね》の幼名）は十にも満たない幼子でしかない。

信忠は伊達家がこちらの調略に同調するならば良し、さもなくば頭角を現す前に捻り潰す必要があると考えていた。

「急ごしらえの連合は危うい。本願寺の第二次織田包囲網で気付くべきだったのだ。しかし、北条の重臣どもは成功体験に固執し、都合の悪い現実から目を逸らしておる」

「『船頭多くして船山に上る』ってね。民や配下の意見を良く聞き、共和制にも近い政治形態を実現しているのは見事だけれど、組織が肥大化するに連れて意思決定が鈍重になるのは避けられなかったんだろうね」

「いずれにせよ北条と我らは共存できぬ。並び立てぬ以上は滅ぼすのみ、どうせ散るのならば潔く散らせてやるのが武士の情け」

「うん、でも足満おじさんは佐渡島をお願いするね。できることなら手早く片付けて、応援に駆けつけて貰えると嬉しいかな。朝廷からの許可を得ているとはいえ、実効支配している本間氏が黙って従う道理がないから充分に気を付けて欲しいな」

「わかった。手早く片付けよう」

元より実力行使を念頭に置いていた足満だが、静子の希望とあっては遅参する訳にはいかない。さして選ぶつもりもなかった攻略手段が、早期解決を図るという大義名分のもとに苛烈な方向へと舵が切られた。

「今年中に毛利まで片付くと良いんだけれどね。四国は同盟関係にある長宗我部《ちょうそかべ》が奮闘しているし、畿内《きない》はほぼ平定できたから……予想外だったのは本願寺の撤収が遅れているところかな。ちょっと信徒を送りすぎたね」

本願寺は信長に屈し、下間頼廉《しもつまらいれん》が窓口となって指揮を執り、石山本願寺から退去することが決まっている。

問題は石山本願寺内で生活していた膨大な信徒にあった。信長は本願寺を追い詰めるため、かつての本願寺の領土を削り取りながら、そこに住んでいた信徒を本願寺へと追い立てた。

結果的に石山本願寺は許容量ギリギリまで信徒を抱え込むことになり、いざ石山本願寺を退去するとしても彼らに安住の地を与えることができず四苦八苦していた。

人数が人数であるため、それらが全て暴徒と化せば近隣一帯の治安が地に落ちるため、信長は近衛前久を通して援助しながら解体作業を進めている状況だ。

「頼廉が顕如《けんにょ》を幽閉し続けている理由は、恐らくだけれど戦後処理の不満を彼に向けないためなんだろうね」

「下剋上を企てた以上、汚名は己が被るつもりなのだろうな」

顕如の所在については明かされていないものの、恐らくは奥の院にて幽閉されていると思われる。しかし、信長も静子も敢えて顕如を出頭させようとは考えていなかった。

既に武装解除が為された上に、蓄えられていた多くの財産は信徒のために換金され配られたため殆ど残っていない。更に信仰の拠り所となる石山本願寺を失っている状態だ。

万が一にもないとは思うが、顕如が再起を図ろうとも彼の声に従う者は少ないだろう。既に決着はついてしまったのだ、誰しもが時代の流れに逆らって過酷な生を送れる訳ではない。

「顕如としても今更ことを荒立てるような真似はしないでしょう。仮にやったとしても、規模が拡大する前に鎮圧されるのは目に見えてるでしょうし」

武装集団としての本願寺は死んだ。頼廉の策により、辛うじて宗教としての本願寺教団が生を繋いでいるに過ぎない。

彼らは間者達によって常に監視され、武装蜂起の気配を察知されようものなら瞬く間に滅ぼされるだろう。

頼廉はそれが判らない程愚かではないのだが、一抹の不安が残されていた。強硬派であった教《きょう》如《にょ》の動向が摑めなくなったというのだ。

(もう一波乱あるかも知れないね)

このまま順調にことが済むとは思えない静子であった。

昨年の正月は信長の配慮により、比較的穏当な正月を過ごしていた静子だが、今年は他の重臣たち同様過酷なスケジュールでの挨拶行脚《あんぎゃ》となった。

信長や信忠、義父である前久をはじめとした目上の人々への挨拶が済むと、同格同士の挨拶回りが行われる。これが一段落しても終わりとはならない。

今度は自分が尾張で正月の挨拶を受ける番が回ってくるのだ。自分が矢面に立てば済む上位者への挨拶回りと異なり、挨拶を受ける方は想像以上に労力を要する。

軽々しく誰にでも面会したのでは鼎《かなえ》の軽重《けいちょう》を問われ（統治者としての能力を疑われる）てしまう。

ここでの主役は静子ではなく、それらを捌く家臣団となるため静子は見守るしかなかった。決裁等で静子の判断を求められることもあったが、基本的には任せっきりとなるため手持ち無沙汰となった静子は、お呼びがかかるまではハイイロオオカミのカイザー一家と過ごすことで精神の安定を図っていた。

しかし、そうしたお正月ムードは一月下旬に差し掛かって一変する。

「羽柴様は攻囲作戦中だから暫く武具の補給は優先順位を下げて、代わりに食料品と医療品、生活雑貨を増やして発送して」

松の内（一月中旬まで）は暗黙の休戦協定があったためか穏やかだったが、西は播磨・丹波平定と本願寺の解体作業。東は武田・北条征伐に向けての作業が一気に押し寄せてきた。

丹波平定を担う明智光秀は、昨年時点で大勢を決しており、現在は地盤固めに着手しているためか目立った大きな動きがない。

必然的に城攻めを継続している秀吉に注目が集まっていた。

件の秀吉は、ここが己の分水嶺《ぶんすいれい》となることを理解しており、自軍の綱紀粛正を図った上で慎重に城攻めを進めていた。

名よりも実《じつ》を取る運用が幸いしたのか、秀吉軍は連戦快勝を重ね、明石《あかし》まで攻め進めることに成功していた。

「明石を取り戻せても、ここからが難題だよね。明石港と尼崎《あまがさき》港を確保できたから、海運での物資輸送が可能になった半面、この拠点を守るための兵力を常に割かないといけないし、海軍を組織する必要もあるよね」

語るまでもないが明石港と尼崎港は優良な港として名を馳せている。これらを手中に入れたことにより、軍資金はもとより兵站維持という面に於いて、遠征軍であるという不利を覆せたと言っても過言ではない。

しかし、問題がないわけでもない。前述のように毛利が支援する村上水軍によって海上封鎖される可能性があるのだ。尼崎港に関してはより織田勢力圏に近いため、おいそれとは手が出せないだろうが、明石港は最前線に位置するため事情が異なる。

最前線へ直接物資を運びこめるという利点もあるが、敵の手に落ちれば再び窮地に立たされることになりかねず、これまでのように攻勢一辺倒という訳にはいかなくなった。

更に淡路島を勢力下に置けていないため、そこからの攻撃に備える必要もあった。明石港は要衝だが、ここだけに依存する訳にはいかないと秀吉は考えた。

「上様から新港（神戸港《こうべ》）開発の許可は下りた？」

「はっ！　先日ご裁可頂きました。それに伴い、事業計画通りに技師集団を派遣しております」

「判りました。これは愛知用水に並ぶ大規模な国家事業となるでしょう。当面は前線への物資補給を目的としますが、将来を見据えて設計するよう指示して下さい」

秀吉が打診し、静子が立案したのが神戸港の開港であった。六甲《ろっこう》山脈から大阪湾にかけての急峻な地形によって海底が大きく削られて水深が急激に深くなっており、神戸には天然の良港となれる素養があった。

現代日本に於いても五大港の一つに数えられ、国際戦略港湾にも指定されている。

神戸港の歴史を繙《ひもと》けば、大輪田泊《おおわだのとまり》と呼ばれた兵庫港が始まりとされている。しかし、厳密には兵庫港と神戸港の位置は半島を挟んで左右に並んだ扇形の形状をとっている。

かつては日宋貿易の中心地となって栄えていた兵庫港だが、戦国時代の発端となった応仁の乱によって荒廃してしまっていた。

一方、後の神戸港となる場所には小さな寒村が広がっているだけとなる。

史実に於いては江戸時代末期に幕府が開港場《かいこうじょう》（外国貿易用の港）として兵庫港を指定し、海域を詳細に調査したところ、単なる入り江に過ぎなかった神戸の方が港として適していると判明した。

これを機に、居留地が設けられ、神戸港の開発が始まった。開港当初は波止場の長さが短く、水深が浅いため大型船が横付けできなかった。

この問題を解決するため、水深の深い位置まで突き出した新港埠頭が増築されたことにより、国際港湾都市として発展することとなる。

（見出されたのは江戸時代末期以降。つまり今は寒村があるだけの僻地。おかげで上様や羽柴様を説得するのに骨が折れたけど、将来を見据えるなら断然こっちだよね）

既にあるものを利用するのは簡単だが、既得権益ができてしまっているため利害関係の調整が難しい。それより誰の手垢も付いていない無垢な土地に、新たな港を一から作り上げる方が全ての権益を握れるため旨みが大きい。

寒村の住民に移住先を提示し、立退きさせればこの計画に口を出せる者はいない。いずれ港湾の規模が拡大すれば、現在の神戸港のように二つの港を合わせて神戸港と呼ばれるようになるだろう。

そこまで発展すれば利害関係が衝突することもあり得るが、それは将来の課題として後継者に託すこととなるだろう。

静子は以前から神戸港を開港する機会を窺っていたのだが、秀吉が一帯を制圧したことによって計画を推進することが可能となったという背景がある。

「本来ならば寒村の地元民を雇って、現地に富を落とすのが上策ですが、毛利側の工作がある可能性が捨てきれません。故にこの港湾開発に関わる単純労働者以上の者に関しては、こちらから送り込むことで対処します」

「承知致しました」

「羽柴様については一段落として……明智様に必要となるのは政治工作をするための情報と、金かな?」

政治の世界は清濁併《せいだくあわ》せ呑むというように、生活の延長線上にあるため綺麗ごとだけでは回らない。

手っ取り早く地盤を固めるために必要となるのは、誰がキーマンとなるかという情報と、それらを自分達の味方にするための金であった。

光秀は織田家に属する者たちが多数派となれるよう多数派工作を、反織田でまとまっている者達へ離間工作を、地元有力者に金を配ることで辺り一帯の民心を獲得するロビー工作を行う予定だと、静子は知らされている。

ただし金で靡《なび》くものは、より大きな利益を提示されれば容易に裏切るため、監視が必要となる。

それでも先祖代々の恨みなどの感情に根差した関係よりは扱いやすいし、利益を提供し続ける限りは従順だ。不要になれば関係を断てば良いため、後腐れもない。

「西国に関しては積雪などで交通が断絶することはまずないし、これからは西国の情勢が重要になるかな。よし、アレを持っている藤堂君に、連絡を密にするよう伝えて下さい」

「ははっ」

藤堂高虎が配備している装備、それは電信機であった。現代では皆が当たり前に使っている携帯電話の先祖とも言える機械である。

電信の技術に関しては専門的な知識が必要となるため、簡単に解説すると音声を電気信号に変換し、それを増幅した後に電波として飛ばし、別の受信機にて受信した信号を増幅して再び音声に変換することで実現する無線通信である。

これを利用することにより、静子は尾張に居ながらにして西国の情報を直接入手でき、また東国征伐の状況を逐次把握することが可能となる手筈となっている。

西国に関しては途中の領域が支配下にあるため、中継基地を設置することが容易であり、現時点では伝送に問題が発生していない。

しかし、東国征伐に関しては発電設備と電波中継施設を逐次設営しながら進軍しなければならないため、準備に膨大な労力と資金を費やしている最中であった。

これらの技術を実現する要となった人物が足満である。彼はタイムスリップした先で、幼い子供ですら己の通信端末を持ち、遠く離れた人と連絡を取り合っている姿に感銘を受けた。

凄まじい技術であるにもかかわらず、それらの基礎的な知識は秘匿されることなく誰にでも開示されていると知り、何故か無性に学びたくなったのだ。

記憶喪失であったため、その奇妙な熱意の原動力が何なのか判らないままに大規模図書館に通いつめ、中学レベルの電子回路から始まり、鉱石ラジオを経て電子工作の世界へとのめり込んでいった。

電波の正体が磁界と電界の相互作用によるものだと理解できるようになった頃には、自分で回路の設計図を引いてトランジスタラジオを作れるようになっていた。

戦国時代に於いても発電機とモーターが製造できるようになった時点で、電波の送受信は可能になっていたのだが、どうしても信号増幅という点で行き詰まってしまった。

現代ならばトランジスタやダイオードによって極めて簡単にできることが、戦国時代では至難となる。そこで足満はトランジスタが実用化される前の真空管を用いることにした。

現時点の工作技術があれば、真空管自体を作ることは然程《さほど》難しくはない。しかし、高熱が加わるため基幹部品であるフィラメントの損耗率が極めて高く寿命が極端に短いという欠点があった。

いつ寿命を迎えるか判らない真空管を補完するため、電子回路は冗長化して巨大化する。回路が肥大化すれば銅線の抵抗も馬鹿にならず、必用とされる電力も跳ね上がった。

現代のフィラメントに用いられているようなタングステンがあれば良いのだろうが、そもそも融点が摂氏３０００度を超える金属を溶かすこと自体が困難であった。

またタングステンを含む鉱床自体が多く中国に分布しており、尚かつ未だに未開発の土地に集中しているため、調達することも難しい。

そこで現在持ちうる最高の炉を使用し、精製できる高融点合金であるニッケルとクロムの合金を用いてフィラメントを作成している。

因みに音声を電気信号に変換するのは比較的容易であり、ワイン醸造の副産物として得られる酒石酸ナトリウムの結晶、いわゆる『ロッシェル塩』を用いる。

酒石酸ナトリウムの飽和溶液を作成し、可能な限り大きな結晶を析出させれば準備は完了だ。紙コップの底にでも貼り付けて固定し、電極を繋いだ状態で紙コップに話し掛ければ微弱な電流が流れる。

この電極に電線を繋いで延長し、途中に信号増幅器を嚙ませて別の同様のコップに電気信号を入力すると、紙コップから人の声が聞こえるという仕組みである。

こうした経緯の末に開発された無線電信機は、大型かつ据え置き型ではあるが、現時点でも尾張と京とを通信で結べている。

「西国に関しては以上かな。東国について何か報告はありますか？」

「現時点では特筆すべき報告はございません。武田は慢性的な物資の供給不足に陥っており、生活必需品を工面するのにも四苦八苦しているようです。食料を調達するので精一杯という状況であり、いくさなど論外でしょう」

「上々ですね。自分達が食うや食わずという状況でも敵は攻めて来ると理解している人もいるでしょうから、引き続き手を緩めないよう真田さんに伝えて下さい」

「はっ。承知しました」

「あまり締め付け過ぎて難民が大量発生しても困りますから、生かさず殺さずの匙加減を工夫して下さいと伝えて。私は少し見回りをしてきます」

間者との窓口を担っている連絡役との会談を終えた静子は席を外す。護衛の才蔵を伴った静子は、越後から預かっている人質たちの許へと向かう。

彼らは近頃練武館（いわゆる武道場）に入り浸っており、ご多分に漏れず今日も皆が練武館で汗を流していた。

閉ざされていた道場の扉に才蔵が手を掛けて押し開く、最初に感じたのは冬の寒気をものともしないむせ返るような熱気だった。

彼らは誰しもが熱心に鍛錬しており、上着をはだけた袴姿となり無心に槍を振るっている者もいた。

「これは静子殿。このような場所までご足労頂くとは何か御用でしょうか？」

開け放たれた入り口より吹き込む寒風によって、静子の存在に気付いた景勝が手拭いで汗を拭きつつ声を掛けてきた。

静子は彼らに自分に構わず稽古を続けるよう声を掛けると、景勝を練武館の端へと誘《いざな》った。

「今日は通達事項があってきました。お待たせしていましたが、ようやく全員分の入浴手形が準備できました」

「おお！　お骨折り頂き有難く存じます。では働き口については？」

「そちらについては正式な命令書が届いていませんが、上様の決裁は頂けたので近日中にも許可できるでしょう」

静子の返答を受け、景勝をはじめとした越後の皆は歓喜に沸いた。入浴手形とは彼らが風呂に入るための許可証である。

彼らも随分と尾張様式の生活に染まっており、鍛錬をして汗を流した後は熱い湯船に浸かって体を癒したいという気持ちが強かった。

今までは慶次が同道していれば団体として入浴が許可されていたのだが、彼が居ないとなると湯を貰って体を拭うのみとなる。

今更彼らが悪さをするとは思えないが、寸鉄を帯びられない浴場への立ち入りを自由にするとなると静子一人の裁量の範疇《はんちゅう》を超えた。

最終的に信長が下した判断は、一度に五人までの入浴を許可するというものであった。注意書きとして長湯を戒めるものと、風呂への酒類持ち込みを禁じる旨が添えられていた。

恐らく慶次が最初にやってみせたのだろうが、湯船で酒を一杯やるというのは越後の面々にとって至福の時間であったのだろう。

しかし、さしもの越後人《うわばみ》であっても風呂での深酒は昏倒必至であった。あわや湯船で溺れ死ぬという騒動となり、以降の酒類持ち込みは厳禁となった。

また景勝が口にした働き口とは、本格的な職業斡旋ではなく、臨時のアルバイトに類するものであった。

人質の立場では、腰を据えて職に就くわけにもいかないため、隔日で半日程度の仕事を探していたのだった。

彼らは人質であるため、比較的裕福な武士と同程度の待遇が保証されている。しかし、彼らも人の子であり、夏頃に界隈で流行りはじめたビールと焼き鳥や、海産物をたっぷり使った練り物の浮かぶ『おでん』で一杯やってみたいこともある。

つまりは自分の裁量で自由に使える小遣いを増やしたいというものだ。最低限の食い扶持とは異なり、贅沢の部類になるため、彼らは己で金を稼ぎたいと願ったのだ。

「(時代劇だと武士のアルバイトって言えば番傘作りが定番だよね)労働については、いきなり外部に出るのは難しいため、まず私の屋敷の補修や町内の道普請《みちぶしん》等に従事して頂きます」

尾張の静子邸もそこそこ年季が入ってきており、随所に老朽化の兆候が見られるようになっていた。とは言え、老朽化しているのも表層部分や、可動部などの負荷が掛かる場所に限られている。

この程度の補修であれば、専門の大工や黒鍬《くろくわ》衆などを動員する必要もない。現場を指揮する者として数人の大工と、彼らを補佐する労働力としての越後勢が居れば事足りる。

「格別のご配慮痛み入る。皆の者！　これから忙しくなるぞ！　だが旨いものを食い、湯船で一日の疲れを流せると思えば何のことはない！」

「応!!」

(基礎体力はあるだろうけれど、武道と大工仕事じゃ使う筋肉が違うって言うし、按摩《あんま》師の手配もしておくかな)

気炎を上げている景勝を見て、微笑ましく思いながらも近い将来に起こり得る事象への備えを進める。手始めに数人ずつが一組となって代わる代わる労働に従事したのだが、案の定慣れない労働で全身筋肉痛に陥る者が続出した。

千五百七十七年　三月下旬

港湾開発を軌道に乗せるべく奮闘しているうちに、気が付けばひと月以上が経っていた。西国では突発的な小競り合いが発生するものの、大規模な合戦に発展することなく膠着状態に陥っている。

これは主に攻め手側が消極的になっていることに起因するのだが、その背景には信長から秀吉及び光秀に対し「侵攻速度を落とし、基盤を固めるように」との命令が下っていた。

西国征伐を支える流通の拠点となっているのは未だに京であり、京から丹波を経由して播磨へと補給路が伸びていた。前線への補給を迅速にするためにも、早急に物流の前線基地を構築する必要がある。

幸いにして摂津・丹波に関してはほぼ制圧できているため、第一段階として物流拠点を丹波まで押し上げる。次に丹波と播磨の境界付近に中継基地を設け、最前線である北播磨及び東播磨を支える構想であった。

こうした動きを敵側に悟られることなく進めるためにも、小競り合いを続けつつも敵の攻撃を阻み、圧力をかけ続けることに秀吉と光秀の二人は終始することになる。

「陸路では丹波から、海路では摂津経由で播磨の国境《くにざかい》までの物流網が繋がり、お二人の尽力によって地域の安定化も上々。神戸港の開発は順調かしら？」

「藤堂様の定期報告によりますと計画に大きな遅延はないとのことです。ただ海中作業が生ずる突堤の工事が遅れつつあるようです」

「無理もありません、越後などと比べたら暖かいとは言え春はまだ遠いですからね。無理をして水中作業のできる熟練工を失うのは避けたいですし、突堤の工事は計画を見直しましょう」

尾張に比べれば暖かい傾向にあるとはいえ、本来冬の海は人の領分ではない。樹脂製のウェットスーツを開発してはいるが、断熱が十分ではなく長時間の作業には耐えられない。

突堤がなくとも小型の船舶であれば停泊可能であるため、海運は補助的に用いるにとどめ、当面は陸路を中心にした物流網で運用することとなる。

港湾都市を整備するにあたり、港だけが出来上がっても意味がない。海路を通じて運ばれてくる荷を目的地まで運ぶ陸路の整備も併せて行う必要があった。

「そんなに沢山港ばっかり作ってどうするんだ？」

静子の傍で話を聞いていた長可が疑問を口にした。彼が指摘するように、静子は神戸港だけに限らず、織田家の支配下にある各地でも港湾都市開発を計画している。

尾張と西国を結ぶ航路の中間点に位置する紀伊（現在の和歌山県）方面にも港湾都市を作るべ

く、静子は精力的に信孝とも連絡を取り合っていた。

「物流を支配すれば、自ずと敵の動きが見えてくるからね。迂遠に見えても、これが一番の近道だよ」

「そういうものか。確かにいくさのように多くの人を動かそうとすれば相応の物資が動くことになるから、どうしても静子の知るところになるか……」

秀吉の手によって明石付近までの領土を切り取れたため、静子は飴と鞭を併用しつつ既存の兵庫港及び尼崎港を支配下に置いた。その上で港湾運用に厳格なルールを適用し、抜け荷（いわゆる密輸）を取り締まった。

さらに埠頭に大規模な倉庫を建設し、重機を用いた荷物の積み下ろしをするため、従来の人力で運搬する方式とは効率面で雲泥の差となる。そうなってしまえば利に聡《さと》い商人たちがどちらを利用するかは、火を見るよりも明らかであった。

そして一度ついた差は広がることはあっても縮まることはなく、物流は静子の手による独占もしくは寡占《かせん》状態となっている。

「いくら私でも道楽で港湾開発をやっているわけじゃないからね。ちゃんと目論見《もくろみ》あってのことだよ？」

「織田家の家臣ですら未だに静子の港湾開発を無駄だと断じる輩が居るからな。まあこうして異例な荷動きがあれば、その兆候を察知できるとなっては敵も厳しくなるな」

「流石に自給自足している物資や、播磨以西から運ばれてくるものについては把握できないけれど、武具類に関してはそうもいかないからね。特に火薬は堺を押さえているから、上様の許可がなければ運ぶことすらできないし」

「仮に抜け荷で持ち込もうとしても、道なき山野を一人で駆け抜けでもしない限り、どうしてもお前に察知されるよな」

物流網を構築した静子は、運送会社を興すと瞬く間に最大手へと上り詰めた。独占状態になると競争原理が働かないため、会社を複数に分けて独立採算制にした上で信長と信忠へ経営権を委ねた。

こうして互いに競い合うことで技術の発展や、業務の改善が活発に行われるようになる。ただ経営権を委ねたとは言え、静子が大口の出資者であることは変わりなく、業界全体に絶大なる影響力を持つようになっていた。

「人材育成をして会社を発展させていくのが楽しくてね。多分だけれど、私はいくさよりもこういう仕事の方が性に合っていると思うんだ」

「まあ、静子は戦闘に関しちゃ人並みの域を出ないからな。昔は変な弓を扱わせたら目を見張るものがあったが、今じゃ蔵で埃を被っている始末だしな。妙に勘が良いから指揮官としてはまずまずだが、それでも非凡とは言えないな」

「宇佐山《うさやま》城での負け戦を経験して以来、遠からず足手まといになると思っていたよ。だから後方支援部隊を主力にしたんだ。これならいくさの巧拙は関係なく、実際に刃を交える勝蔵君達を支えることができるしね。武田との合戦では変化する戦況を最前線で即座に判断し、対応した指示を出す必要があったから例外的に前線にいたけどね。今後は人材不足にでも陥らない限り、前線に立つことはないんじゃないかな？」

「当たり前だろう！　お前の代わりが誰に務まるっていうんだ。それでなくとも近頃は後《のち》に必要になるであろう物まで先んじて送られてくるから、お前が前線に出てきているんじゃないかと焦るっていうのに」

「傾向と対策だよ。記録はただ残すだけじゃ勿体ないじゃない？　分析して活用すれば状況に応じて必要になる物の傾向が見えてくるんだよ」

長可の言葉に静子は苦笑しつつ答えた。人間は往々にして成功体験を元に行動をパターン化しがちである。そして個を束ねて軍と成す際には、更に個性は集団に埋没してしまいパターン化が収束する。

充分な量の事例が集積されれば、物事が順調に推移している状況に限っては高い精度で必要な物資等も予測することができるのだ。

とは言え常に不測の事態は発生しうるため、転ばぬ先の杖として余剰物資や予備の部材なども常に一定量が備蓄されるように手配しているのだが、役に立った時だけ強く印象に残るため未来予知のように見えているに過ぎない。

「そう言えば、最近は特訓してないいんだね？」

静子は日中にもかかわらず長可が寛いでいることに疑問を抱いて問いかける。信長が東国征伐の号令を掛けて以降、長可及びその配下は連日特訓と称して行軍の演習を繰り返していた。

ところが二月に入ると演習は隔日になり、週に一回になり、近頃では基本教練以外をしている様子が見られなくなっている。

「うむ、今日は完全休養日としたんだ。行軍の際の動きは体が覚えるまで叩き込んだから、あとは練度を保ちつつ体調を整える方へと切り替えている」

「なるほど。確かにあの訓練内容だと怪我も絶えないだろうし、体調を崩す人もいるだろうしね。じゃあ特訓は全くしてないの？」

「いや、隔週で一、二回実施している」

粗暴な行動が目立つため、脳まで筋肉が詰まっているように思われがちな長可だが、意外にも行動は計算に裏打ちされている。激しい訓練を繰り返せば筋力などは向上するが、疲労の蓄積と比例して免疫力が低下し続ける。

適宜回復期を設けなければ、いずれ回復が追い付かなくなって訓練が逆効果になるのだ。長可はこれを避けるために、早い段階で基礎を叩き込み、あとはそれを維持しつつ部隊全体の健康状態をベストに持っていけるよう配慮している。

「流石に特訓以外は食って寝るだけの生活は続かないからな。人間ってのはそんなに長期間緊張状態を保てるようにできてない。たまには旨いものを食って、酒を飲んで騒がないとな」

「その席に上司である君がいると、皆が愚痴を言えないからここにいるわけだ？」

「厳しい訓練を課しているんだ、当然文句の一つも言いたくなるだろう。それをずっと溜め込むのは不健康だからな。どうだ、俺もなかなか考えているだろう？」

そう言って胸を反らす長可を見て、静子は彼の成長を嬉しく思い微笑むのだった。

春先も終わりに差し掛かる三月になると、行軍演習の割合が増える代わりに基礎修練の内容は控えめになり、食事や睡眠時間にも配慮するよう指示が出される。

兵舎で出される食事内容も遠征中には補給し辛い生野菜や、果物に卵料理の登場頻度が上がった。高たんぱく低カロリーだった従来の食事から、いざという時の蓄えとなるよう脂肪になり易い糖質や脂質が中心へと移行する。

こうした地道な努力により、兵士たちの体つきも変わりつつあった。鋼の線を束ねたような引き締まった肉体から、その上にうっすらと脂肪の層が付いた細身の力士体形といえば想像しやすいだろうか。

「ぐぎぎ……い、痛くはない！」

そうして肉体改造を行っている彼らが、熱心に取り組んでいることがあった。それは風呂上がりの足つぼマッサージだ。

切っ掛けは越後勢の一人が脱衣所の片隅に新たに設置された木製の足つぼマットを利用したことだった。これは浴室用の『すのこ』を作った際に出た端材と、軍用ブーツの底を作った際に余った樹脂を組み合わせ、板の間に置いて踏んでも滑りにくいよう工夫が施されている。

木材の表面に河原で拾ったような表面がすり減って丸くなっている石が幾つも埋まったような不思議な物体。注意書きには素足でゆっくりと乗るようにと記されていた。

注意書きを読み飛ばしていた彼は、足つぼマットに勢いよく跳び乗ってしまった。直後に上がった絶叫と足を抱えて床に転がる男が一人。

すわ何事かと風呂を利用していた者たち全員が駆け寄ってくる騒動となった。そして浴場の管理者から健康状態に問題があると痛く感じるが、問題なければ程よい刺激となると聞かされショックを受けることになる。

「その様に歯を食いしばりながら言っても説得力がないわ！　わしを見てみろ！」

「貴様とて膝が震えておるではないか！」

足裏の筋肉が疲労していたのか、はたまた立っている姿勢に問題があり重心がズレていたのか、それとも土踏まずという普段刺激を受けにくい箇所が敏感になっていたのか。

誰もが足つぼマットに挑んでは撃沈するということを繰り返し、いつしか風呂上がりに列になって順に足つぼマットに乗ってはその上でやせ我慢をするという光景が日常となった。

はじめこそ全員が悶絶していたものの、そのうち皆が刺激に慣れ始めると本当に体調の良し悪しが把握できると人気となり、湯冷めしないように規則正しく入浴するようにさえなっていた。

そんな何処か和やかな健康志向ブームに沸いていた三月が過ぎ去るのではと思われた下旬に、遂に信忠が主だった配下の将を集めて第二次東国征伐の開始を宣言した。

「皆の者良く聞け！　我らがかの敗戦から学び、厳しい訓練を潜り抜けてきたことを良く知らぬ京や堺の雀どもは、『此度《こたび》もまた尻尾を丸めて帰ってくるに違いない』と囀《さえず》っておるようだ。我らの力は上様が振るわれる刃だ！　恐れられこそすれ、侮られて良いものでは決してない。顔面に節穴の開いた雀共に目にもの見せてくれようぞ！」

信忠の上げた気炎に、集結している全ての者が声を出して応じた。閲兵場《えっぺい》全体が震えるような大音声が返され、皆が俄《にわ》かに慌ただしく動き始めた。

静子邸でもこの動きは変わらず、長可の率いる部隊が武田戦での一番槍を務めるため、部隊の編制や装備の点検に走り回っている。

それでも出征自体に向けて常日頃から準備していたこともあって、一時的な喧騒は早々と終息しつつあった。

「特訓で培った力を存分に発揮してらっしゃい」

「応！　任せておけ、武士《もののふ》の本懐を遂げる機会だからな、楽しんでくるぞ！」

静子の言葉に長可は拳を振り上げて応えた。ことここに至れば小言や忠告などは不要であり、お互いが再会を前提とした挨拶を交すと背を向けて歩き始める。

「良く聞けお前ら！　武田の残滓《ざんし》が何するものぞ、我らの力を世に知らしめるぞ！」

「おう!!」

長可は部下に号令を掛けると、皆が揃って拳を天に突き上げた。その様子を遠くで見守っていた静子は、長可軍の兵士たちから湯気が立ち上る様を幻視する。

彼らの体から噴き出す熱気が揺らぎとなって見えるかのような光景に、皆がこの時をどれほど待ち望んでいたかが窺えた。

こうして長可軍が尾張から武田の本拠地である甲斐へと向かって出立する。

さらに数日後、長可軍も合流して数万にも膨れ上がった信忠軍の本隊が岐阜城から華々しく出陣した。

　時は信忠の出陣より一月《ひとつき》ほど遡る。当時の武田は軍として体裁を保てるギリギリのところで踏みとどまっており、何か一つでも躓《つまず》けば崩壊が始まるかもしれないといった有様だった。

　そしてその崩壊に繋がる蟻の一穴が開いてしまった。対織田の最前線で侵攻を阻む役目を与えておきながら、支援するどころか重税を課して力を削ってくる勝頼に対して不満を募らせていた信濃《しなの》国木曾谷《きそだに》の領主、木曾義昌《よしまさ》が信長の調略に応じた。

　木曾は彼の実弟を人質として織田に差し出し、武田から離反することを誓った。その人質が岐阜城に到着したのは三月十五日のことだった。武田に悟られぬよう密かに移動していた木曾の実弟は、護衛を付けられ信長のいる安土へと更に移された。

　これを機に信忠は家臣たちに告げた。

「これより甲州《こうしゅう》征伐の先遣《せんけん》隊を派兵する」

「お待ちください！　開戦のお許しを上様から得ておりま――」

「この期に及んで否やはない。それに父上の返答を待っていては遅い！　武田が木曾の寝返りを知る前に攻める！　これよりは一刻を争わねば機先を制せぬ、全ての責はわしが負う。かかれっ！」

「お言葉ですが、先遣隊の一部が揃っておりませぬ……」

「先遣隊の役目を与えられておきながら、備えておらぬ粗忽《そこつ》者など捨て置け！　今すぐに出立できる者はおらぬのか!?」

「はっ。近衛静子様配下の森《もり》様はご下命次第、即座に出発できると……」

その報告を聞いた信忠は自軍の配下に一番槍をもたせることよりも、即応できる実利を取った。

長可及びその時点で準備の整っていた先遣隊を即座に出陣させた。

これが三月十八日のことであり、同月二十二日に数万の軍勢を率いて本隊が別ルートを目指して出陣した。

長可軍を含む新先遣隊は、岐阜城を発つと恵那《えな》（現・岐阜県恵那市）にある岩村《いわむら》城を目指す。

彼らは岩村城を攻め落として中継地とした後、武田より離反した木曾が治める木曾福島《ふくしま》城（現・長野県木曽郡木曽町）へと入り、その後諏訪《すわ》湖付近に位置する上原《うえはら》城を攻略すると南下する。

その後、敵の首魁である武田勝頼のいる新府《しんぷ》城を目指す北回りの進路を計画していた。

一方本隊である信忠軍は岩村城までは同じルートを辿り、その後南回りルートとして途上にある滝沢城、松尾《まつお》城（現・長野県飯田《いいだ》市）、飯田城を攻め落としながら北上し、南から新府城へと攻めあがる進路を予定している。

これらのルートは予《かね》てより課題であった日本住血吸虫の流行地を避けつつ、それでいて大軍が移動可能であるという進路となる。日本住血吸虫対策を施しているとはいえ、完璧に防ぐことは不可能である。

しかしながら、日本住血吸虫は一度でも寄生されればたちまち廃人になるというものではなく、生活する上で繰り返し何度も寄生されることで重症化するため、対策を取った上で河川や流行地を避ければ十分に対処可能なのだ。

「ほう、指示を待たずに出陣したか。面白い、何処までやれるか見物だな」

岐阜城から尾張を経由し、電信にて信忠出陣の報を受けた信長はニヤリと笑った。彼は足満の齎した電信という革命的な通信手段が、いくさの在り方を変えると確信し、即座に北条攻めを担う別動隊を含む残る東国征伐部隊に号令を掛け出撃命令を下した。

織田家の主だった武将たちが近江一円から一路東を目指して出陣してく様を見た民たちは、ついに織田家が東国征伐に向かったと口々に噂し合い、その情報は近畿圏を席捲《せっけん》すると商人の手によって瞬く間に全国へと拡散してく。

信長の号令一下、即座に軍事行動ができたことには理由があった。従来の農業とは全ての人々が従事する生きるための仕事であったが、様々な改革と効率化が図られた織田家にとっては分業化した一産業に過ぎなくなった。

平均して従来の半分以下の労力によって農作業が行われるため、単純計算でも織田軍が動員できる兵力は人口比にして他の国の倍となる。これらは予備役や半農半兵の者も含むため、職業軍人はずっと少ない。

それでもこの時代に於いて常備軍を組織し、運用できているのは信長だけであろう。つまり織田家が迅速に動ける秘密として、常備軍とその他混成部隊との軍を分けることにより、突発事態への即応性を高めた結果であった。

そうこうしているうちに、勝頼の耳にも信忠出陣の報が届くことになる。この報せを勝頼が目にしたのは、木曾義昌の裏切りを知り、武田信豊《のぶとよ》を大将に据えた討伐軍を差し向けた後だった。

これを迎え撃つ木曾は、このままでは織田家の援軍が到着する前に討伐軍に包囲されると悟り、少しでも行軍を遅らせるべく城を出て野戦を挑まんと出陣する。

対する討伐軍は今福昌和《いまふくまさかず》が率いる部隊が先行して木曾福島城を目指していた。

そして両者は三月二十八日、鳥居《とりい》峠（現・長野県塩尻《しおじり》市奈良井《ならい》）にて激突する。初戦は地の利を得ている木曾軍が優勢に進めるも、高遠《たかとお》城から派遣された討伐軍の援軍が加わると一転防戦一方となった。

少なくない犠牲を出しつつも、木曾義昌は敗走して木曾福島城へ籠城した。一方木曾軍を退けた討伐軍は、鳥居峠に近い奈良井川や犀《さい》川に陣を敷いて木曾軍に圧力を掛けていた。

このままでは援軍の到着までもたないと焦った木曾は、使者を遣わせ勝頼へと弁明を試みた。

当然ながら木曾からの弁明は黙殺され、勝頼自身は息子の信勝《のぶかつ》を連れて新府城から上原城へと移っている。

「う～ん、住血吸虫対策を重んじたのが裏目に出たね。やっぱり間に合わなかったか……」

その報告を信忠軍より電信で受け取った静子は、予想していた未来が現実になったことに嘆息する。

「なんぞ愉快なことでもあったのかえ？」

静子の隣で優雅に茶を楽しんでいた濃姫が静子に問いかける。彼女は彼女で独自の情報網を持っており、ある程度の把握はしているのだが静子のそれには遠く及ばない。そのため彼女はこうして単身静子邸を訪れていた。

「木曾義昌が鳥居峠にて武田軍と激突し敗戦しました。木曾は木曾福島城に落ち延びましたが、武田軍が奈良井川に陣取っていて動けないようです」

「ふむ。武田は木曾を敗走させたものの、討ち取るまでには至らず籠城を許してしまったという訳か。彼奴《きやつ》らにとって殿の軍が迫っている中、木曾福島城を手にしておらぬのは痛いな。翻って木曾を擁する我らも、初戦で黒星とはケチがついたものよ」

「そうですね。野戦で勝利しておきながら木曾福島城を包囲するでもなく、奈良井川まで後退しているのが苦戦を物語っていますね。そしてこの事態は勝頼にとって寝耳に水でしょうね。勝利の報を受けているでしょうが、城を手にしていないのですから」

野戦で勝利した場合、通常ならば追撃を行い敗走中の軍を追い立てる。それを放棄して奈良井川まで後退し、陣を張ったことを考えれば、彼らには城攻めをするだけの余力がないと解る。

「ほほっ。木曾一人が裏切っただけで屋台骨が軋《きし》むとは、武田も衰えたものよな」

「武田の弱体化を図るよう指示してはいましたが、ここまで力を落としているとは思っていませんでした。ふむ、高虎君からは播磨平定の物資状況が届いていますね。あ、勝蔵君から速報が来ました」

「ほう。速報とな？　なんと言っておるのじゃ？」

「無理を言って持ち出した大砲なんですが、進軍速度の足枷になったから岩村城に留め置くから、回収に来てほしいと……。だから持っていかない方が良いって言ったんだけどなあ」

静子がそう呟いている間にも、通信手が書き留めた電信内容を清書したものが次々に運び込まれてくる。今回のいくさは従来と異なり、二正面作戦が同時進行するため、中心地の尾張には両方の情報が逐次届くのだ。

「まるで妖術じゃのう、その電信とやらは。居ながらにして播磨と信濃《しなの》の情報が逐次届くとはな」

「流石は濃姫様、お目が高い。これを見たお歴々は、伝令が持ってこない情報など信用に値しないと仰ったんですけどね。電信に参加できるだけで、その情報発信源は信用できるんですが、そこをご理解いただけないようです」

静子が用いている電信（狭義には通話をしているため電話だが、ここでは電波を用いた通信全般を指す広義の電信と称する）は、史実に於いても世界を縮小させたとまで言わしめた革新的な技術である。

流石の静子も電子工学の知識は持ち合わせていない。せいぜいが中学の理科及び高校の物理で学ぶ程度の基礎だけだ。それでも静子が初期に書き写していた電磁気の教科書は、足満の知識をこの時代の人が理解するにあたって大きな助けとなった。

実際に電信機（送受信）が実用化された後も足満は更なる改良を推し進める予定だ。現時点では電信機自体が大きすぎるし、電源を確保するための発電機も小型化するなり、電池の性能を向上させる必要があった。

電信機には鉛蓄電池が併設され、常時水力発電機から電力が供給されている。水力発電機と言っても、滝などの大きな落差を利用したタービン式のものではなく、河川などの水流に対してドリルのような構造の螺旋式水車を設置する発電機だ。

この発電機は多少の高低差と、ある程度の水量さえあれば電信機一台を賄える程度の発電量が確保できる。静子の元居た時代では珍しくもない発電機だが、この発電機を戦国時代で再現するにあたってはいくつもの課題があった。

中でも最大の問題は軸受けだ。軸受けとは回転する軸を支えつつ、滑らかな回転を実現する機構を指す。ハンドスピナーなどは軸受けによる摩擦の軽減で回転力が保持される様が良く理解できるだろう。

軸受けの中核を成す小さな鋼の玉、いわゆるボールベアリングを真球かつ一定の規格に従った寸法で大量生産できる工業力がなければならず、また素材となる鉄鋼や油圧プレスに機械との摩擦を軽減する作動油、恐ろしく硬い鋼球を精密に研磨する装置など列挙し始めればキリがない。

静子が今までに培ってきた尾張の技術力を結集した精髄と呼べるものが、この一連の装置だと言える。

「電信の良さを理解せぬ者ばかりという訳でもないのじゃろ？」

「ええ、竹中《たけなか》様などは電信の可能性に魅入られ、今も必死になって勉強をされているようです。通信機やその技術者を使いこなすには、自身も最低限の知識は身につけないといけないとお考えなのでしょう」

静子は濃姫の言葉に応じつつ、電信によってもたらされる布陣状況を示す立体地図上に配置さ

れた駒を動かしていく。

「それが芸事保護にかこつけて作り上げた地図とやらかえ?」

「人聞きの悪いことを言わないでください。これは地道な測量の成果です。確かに芸事保護の一環で訪れた時に測量したものもありますが……」

「ほほほ、物は言い様じゃな。朝廷の権威を最大限利用したのではないか」

静子の前に鎮座している立体地図は、地形の起伏が実際の縮尺に従ってある程度再現されたジオラマのような物である。

ひとたび山の中に入ってしまえば等高線もわからないため、視界の通る場所に限定されるのだが、それでも行軍できる程度の道は網羅している。

更に村の規模や河川の位置、橋の有無など、いくさをする上で重要となる情報はしっかりと再現されていた。これらの情報を得るにあたって測量機器と写真が大いに活躍することになった。

相手からすれば写真自体が何かわからないため、事前準備と言われれば測量していても咎められることはない。更には朝廷の権威、延《ひ》いては帝の権威をもフル活用して写真の秘密を守っている。

測量している箇所については、必ず風景写真も撮影し、その中で当たり障りのないいくつかを現地の有力者に寄贈している。

また、その写真に彩色したものを帝に献上しており、それが大変好評を博していると言われれば、面と向かって撮影を邪魔できる者はいなかった。

事実、内裏《だいり》に籠りっきりで滅多に外に出られない正親町《おおぎまち》天皇にとって、静子から献上される四季折々の風景写真は彼の好奇心をくすぐり、またその心を大いに慰めるものになっていた。

「私も朝廷には随分と便宜を図り、金銭的にも物質的にも支援し続けているのですから、これぐらいやってもバチは当たらないでしょう?」

「もっと直截《ちょくせつ》的な見返りを求めても良いとは思うのじゃが。静子はそちら方面にトンと興味がないと見える。ここまで尽くして得られたのが正三位《しょうさんみ》と権中納言じゃろう?」

「そう仰られましても、宮中に参内《さんだい》せよと言われても困りますし、軽んじられることがなく、かつ大きな影響力もまた持たないのが一番です」

「静子は己の影響力を過小評価しておるぞ? そなたの機嫌を損ねたら、流行の物は何一つ手に入らぬと京の上流階級の間でもっぱらの噂じゃ」

濃姫の言葉は核心を突いていた。静子が様々な産物を生みだし、義父である近衛前久が演出しつつも宣伝し続けた結果、公家の流行に尾張様《よう》と呼ばれるブランドが確立した。

食料品は言うに及ばず、茶や菓子といった嗜好品に酒や香辛料なども尾張のものこそが一流とされるようになり、その全ての産業に何かしら関わっている静子の存在は決して無視できるものではなくなっていた。

「ご歓談のところ失礼いたします！　静子様、上様が――」

慌ただしく足音を立てながら襖越しに声を掛けてきた小姓だが、彼の声は途中で遮られてしまい、残りの言葉を聞くことはなかった。

小姓を押しのけるようにして室内に入り込んできた人物は、開口一番言い放った。

「また面白いことをしておるな、静子。わしを混ぜぬとは水臭いではないか！」

「遅うございますよ、殿」

唖然とする静子の隣で、濃姫は扇子を開いて楽しそうに笑っていた。

千五百七十七年　三月下旬　二

東国征伐の第一段階である甲州征伐は長可率いる先遣隊の快進撃によって幕を開けた。

岐阜城を出発した長可は兵器廠《しょう》に無理を言って持ち出した大砲を用い、木曾義昌が籠城する木曽福島城を救うつもりであった。

しかし先遣隊から更に先行する斥候が持ち帰る情報を聞くに、このままの進軍速度ではとても間に合わないと判断した長可は虎の子の大砲を切り捨てるという決断を下す。

とはいえ織田軍にとっても戦況を左右しうる重要兵器の大砲をその辺に投棄するなど論外である。後方まで輸送しようにも隊を分けて護衛を付ける必要があるため、完全に持て余してしまうことになった。

そこで長可はいっそ緒戦である岩村城攻略に使用し、その後は占領した岩村城内の防衛設備としつつ回収を待てば良いのではと思い至る。

ここで日ノ本初の砲撃による攻城戦を受けることになった岩村城について触れたい。

岩村城は鎌倉時代に遠山景朋《かげとも》が築城した山城に端を発する。後世に於いて日本三大山城の一つに数えられる程の威容と比類なき堅牢さを誇った。

史実では元亀三年（１５７２年）に岩村遠山家当主であった遠山景任《かげとう》が亡くなったことを契機に、残された女城主であり織田信長の叔母に当たる『おつやの方』は暫く武田と戦いながら城を守っていたが、翌年武田方の武将秋山信友《のぶとも》と結婚し、武田方へ寝返ったため悲劇の最期を迎えた。

一方この時代では元亀三年末の段階で武田信玄が討ち死にし、情勢は武田から織田へと大きく傾いた。歴史を早回ししたことによる影響なのか遠山景任が史実よりも早く逝去し、信玄の西上作戦を契機にやはり織田方から武田方へとおつやの方は寝返ってしまった。

当然ながら親族の裏切りに信長は激怒した。それにもかかわらず5年以上も見逃されていたのは信長にとって武田方の重要性が低くなってしまったからだろう。

此度の第二次東国征伐に於いては、しっかり攻略目標に設定されていることから、そろそろ引導を渡してやろうという思惑が窺えた。

如何に難攻不落で知られた岩村城といっても、援軍のあてがない段階での籠城は論外だ。

城山の麓に建てられた物見櫓《やぐら》から織田軍接近の報が齎されたのを契機に相手の出鼻を挫かんと迎撃部隊が出陣していった。

そしてその後は物見櫓からも迎撃部隊からも連絡が途絶えてしまう。この異常事態に対して城主の秋山信友は判断を下せず、徒に時間を浪費することになる。

対する長可は最も脚の遅い大砲部隊を最前列に据えるという常識外の部隊運用をしていた。この一戦だけ弾薬がもてば良いという割り切りから、大砲を使い倒すつもりなのだ。

戦闘では一般的に高所を取っている側が有利となるのだが、長可はこれを力業で覆してみせた。

自軍の物見から山門の裏に敵が集結していると聞くや否や、傍に建っている物見櫓及び山門一帯に対する砲撃を命じた。

長可は大砲部隊を最前列中央に据え、周囲を奇襲に備えて鉄砲隊で固めると観測射撃もしないまま砲撃を開始する。

当然のように初弾は狙った地点に着弾しなかった。しかし敵方は落雷のような轟音と共にどんな攻撃にも耐え得ると信頼を寄せていた石垣が大きく抉《えぐ》り取られる様を目撃することになった。

次弾は偶然にも物見櫓の中ほどに直撃すると、櫓をへし折ってしまう。これを目にした敵方は恐慌状態に陥るが、間を置かずにどんどん撃ち込まれる砲弾は容赦なく防衛施設を破壊していった。

長可側からは仰角《ぎようかく》の関係で、敵軍の配置は判らないものの、当たるを幸いに適宜目標を修正しながら撃ちまくる。

これを麓の防衛施設が壊滅するまで繰り返し、一兵の犠牲すら出すことなく長可軍は秋山軍を籠城させることに成功した。

本来であれば麓が攻略されたとしても頂上部付近まで攻めあがるのは至難の業だっただろう。

なぜならば山麓《さんろく》と山頂を結ぶルートは藤坂と呼ばれる左右を林に囲まれた急な坂道のみであるからだ。守るに易く攻めるに難い天然の要害が立ちふさがる。

防衛側は山中に兵を伏せることもでき、また高所を利用して重量物を転がすだけで敵を攻撃することが可能となる優位性を持つ。

一方の寄せ手である長可は、またしても力業でこれを突破することになる。

度重なる砲撃を受けてあちこちが崩壊しても、流石に石垣造りの山城は堅固であったため、大砲を山頂に向けて並べると山なり弾道での砲撃を命じた。

足満の手によって魔改造を施された大砲は構造的にアームストロング砲に近く、砲身に刻まれたライフリングと密着するよう弾体にも溝を刻んだ椎の実形の砲弾、所謂ミニエー砲弾を用いて改良された褐色火薬で撃ちだす仕組みだ。

余談だが工業化が進んだことにより、硫酸や硝酸を使用できる関係から火薬を無煙火薬へとシフトさせようという流れになっているが、現場では未だに在庫が潤沢にある褐色火薬が使われている。

こうした地道な技術改良の結果、長可の用いる大砲は少し旧型となるがそれでも最大射程で2000メートルを誇るまでになっていた。対する岩村城は標高700メートル少々であることから、わざわざ危険な登坂ルートをゆかずとも麓から曲射することができるのだ。

完全に隔絶した技術水準の兵器を使われた側は大混乱に陥っていた。山麓からの連絡が途絶えたため、偵察を出すか否かを思案していたら、麓から絶え間なく雷鳴の如き砲声が響き渡る。

傾斜と高低差があるため着弾点を観測できず、砲撃の命中精度は散々なものだったのだが的がデカいのでそこそこ当たった。高く積み上げられた堅固な石垣も、高所という地理的優位性すら物ともしない長可の攻撃に秋山の心は折れてしまった。

仮に当主が抗戦を命じたとしても、我先にと逃げ出し始めた群衆には響かなかったであろうことは疑いようもない。地獄のような半刻（約1時間）が過ぎたところで、長可より投降を呼びかける使者が遣わされると、無条件での降伏を受け入れた。

こうして城主である秋山信友は、その妻おつやの方共々捕らえられ、合流してくるであろう後続の部隊へと託されることとなった。難攻不落と謳われた岩村城が、わずか半日足らずで陥落したのだ。


長可の率いた先遣隊の快勝は、電信によって要点のみを速報として伝えられた。追って送られた詳報は、静子邸に常駐している通信手部隊が受け取り、事務方が清書することによって静子の手元に届けられる。

自邸に居ながらにして、信濃国での戦況を手に取るように把握する静子の姿を見た信長は内心唸っていた。開明的であると自負している信長をして、電信が齎す革新性は見通せていなかった。臨時の速報や定時連絡を通じて、適宜更新されていく立体地図上の戦況図と物資の残量を見て信長はいくさのやり方が根本的に変わった瞬間に立ち会っていると自覚した。

信長は甲州討伐の先遣隊及び本隊からの連絡を受け、立体地図上に矢印形のコマとして配置されている予想進路上に存在する攻略目標を見やる。

長可ら先遣隊は岩村城を出て北上しながら木曾福島城を目指す。

籠城している木曾義昌が耐えきれれば、合流した上で武田軍を蹴散らし、鳥居峠を抜けて桔《き》梗《きよう》ケ《が》原《はら》（長野県塩尻市）を経由して諏訪湖へ至る進路を取る。

一方で信忠が率いる本隊は岩村城を出発し、天竜川に沿って南下しつつ滝沢城を落とす。ここから北上しつつ新府城を目指しながら途上にある松尾城、飯田城、大島城を攻略、高遠城にて先遣隊と合流しこれを攻め落とし、諏訪湖沿岸の上原城を経る進路となる。

以上からわかるようにどちらのルートにとっても避けては通れない武田軍防衛の要となるのが高遠城だ。高遠城は武田にとって諏訪から伊那へと向かう交通の要衝であり、駿《すん》府《ぷ》や遠江《とおとうみ》を睨む前線基地となる。

高遠城は武田信玄の手によって、大島城や飯田城と共に大規模な拡張を施されており、武田を守る最後の防衛ラインを形成していた。

言い替えれば高遠城が落ちるということは武田の滅亡を意味する。何しろ新府城は未だに完成しておらず、高遠城以東には高遠城をも陥落させるような軍を受け持てる城が存在しないからだ。

「間者の報告によれば武田は北条から不足している軍備を融通して貰っています。ゆえに北条からの援軍はないと断言しても良いでしょう」

眉を寄せた表情で立体地図を覗き込んでいる信長に静子が現状を説明した。当初の手はずでは信長は安土城にて連絡を受けることになっていたのだが、何故か単身尾張までやってきてしまっている。

信長の行動を予測していたであろう濃姫は、面白そうだからというだけでその可能性を静子に告げなかった。静子の目が死んだ魚のように淀んで見えるのは、決して気のせいなどではない。

「ほう！　援軍ではなく軍備を望むか」

「武田とて武家の頭領たらんとした矜持があります。また北条にも武田の支援に割ける余裕がなかったのでしょう。ともあれ武具や糧食、矢に鉄砲と弾薬が届けられたそうですが、それだけでは戦局は動かないでしょうね」

「我が方の軍備はどうなっておる？」

「万事滞りなく支度できております。先日羽柴様ら西国を制圧しておられる方々に向けて、追加の食料の発送も済ませております」

「ふむ。完璧というわけか」

「いいえ上様。兵站に於いて完璧というものは存在しません」

静子の言葉を受けて信長の眉が神経質そうに顰められる。高まる緊張感を受けて周囲の者は押し黙るが、静子はいつもと変わらぬ様子で続けた。

「戦況というのは常に流動的に推移します。これで完璧として手を止めれば、その時点から情報の陳腐化が始まり、現場と後方での齟齬が生まれます。これを避けるには常に完璧であろうと目指し続けるほかありません」

「では、いつになれば準備が整ったと言えるのだ？」

「それは後の世に於いて、歴史を紐解く学者達が判断することになるでしょう」

判断するのは自分たちではないと静子が断言する。これを耳にした信長は目尻を下げて微笑むと、静子の頭に手を置いてわしゃわしゃと掻き乱した。

「その意気やよし！　しかし常に気負っていては遠からず大失敗をやらかすぞ。ここは素直に褒められておけ」

そう言いながら信長はぐちゃぐちゃになった静子の頭をポンポンと撫でた。

「は、はあ……」

「よし。そうじゃ、わしは喉が渇いたぞ。何やら皆が絶賛した飲み物があると聞いたぞ？　ここでもわしだけ仲間外れにすると言うのか？」

少し迷惑そうに手櫛で髪を整えながら静子は頷くが、続く信長の言葉で彼がわざわざ尾張まで出張ってくる理由の一つに見当がついた。

（誰からはちみつレモンの話を聞いたんだろう？）

東国征伐を前に長可が特訓に励んでいるのを見て、静子が運動部の練習を思い出してレモンのはちみつ漬けを作らせたのが事の発端だ。

肉体疲労時のビタミン補給と速やかな栄養摂取に適しているレモンのはちみつ漬けを作り、余った漬け汁を捨てるのも勿体ないと考え、少量の塩を加えて水で割ったはちみつレモンドリンクへと加工した。

これをやはり特訓後の兵士たちに冷やして届けたところ絶賛され、その爽やかな甘酸っぱさと体に染み渡るような味わいが、口コミで瞬く間に広まってしまった。

（同じものを出しても芸がないし……うーん、炭酸水で割ってはちみつレモンソーダにするかな？　これなら日ノ本初と言えるだろうし）

独特の刺激はあるものの、炭酸入りジュースを初めて飲んだことになると言えば信長のご機嫌も良くなるだろう。そう思った静子は、信長に提供する飲み物を作るために厨房へ向かった。

しかし静子は濃姫の存在を失念してしまっている。真に日ノ本初を名乗ろうと思うのならば、彼女がいない時でなければならないということに思い至らなかった。

信忠が率いる本隊の進軍速度は誰しもが予想しえない程のものであった。長可の出発から遅れること4日で後を追い始めた本隊だが、長可が大砲を持ち出したこともあって岩村城に着いた時にはその差が1日まで縮まっていた。

しかし長可が大砲を岩村城に残していったことにより、再び差が開くこととなる。信忠の率いる本隊が占領下にある岩村城に到着し、戦後処理や中継拠点としての整備をしている間にも先遣隊は木曾福島城を目指して行軍していた。

そうして押っ取り刀で木曾福島城へと到達した先遣隊だが、城は包囲されるどころか離れた地点に陣を張った武田軍と睨み合っており、時折小競り合いが発生する程度という状況に拍子抜けすることとなる。

木曾福島城に入った先遣隊は城主の木曾義昌と合流して部隊の再編制を行い、籠城から一転して武田軍へと急襲を掛ける策に出た。元より地の利は木曾側にあり、周辺の土地を知り尽くしていることを利用し、派手に歩兵部隊を並べると武田軍を威圧するように進軍を開始する。

予想以上の規模となった長可・木曾の連合部隊を目にした武田軍が慌てている間に、山を知り尽くしている木曾軍の案内を受けた長可軍の新式銃部隊と、木曾軍の鉄砲隊や弓隊が山々の峯に隠れつつ配置についた。

開戦の合図は新式銃による一斉射撃の音であった。正面から迫る大軍に目を奪われていたところへ横合いから強烈な一撃を受けたのだ。

距離があったことと、木々に遮られて狙いが逸れたこともあり、それほどの犠牲者は出なかったのだが、意識の外から攻撃を受けた武田軍は浮足立った。

その間にも長可・木曾連合部隊は正面から距離を詰めており、更に周囲から矢や鉄砲の弾が降り注ぐ状況に武田軍は竹や木を束ねた盾で防御しつつ、むしろ前に打って出ることで混戦に持ち込み、矢や鉄砲の雨を無効化しようとした。

一方、長可・木曾連合部隊は武田軍の行動を予測していたように後退をはじめ、武田軍は銃弾と矢に追い立てられるようにして鳥居峠へと誘い込まれてしまい、ここで両軍が本格的に激突することになった。

鳥居峠は険しい一本道であるため大軍がぶつかるには不向きであり、どうしても部隊が長細く伸びてしまう。前方は長可・木曾連合部隊に塞がれ、後ろは味方の部隊が詰まっており身動きの取れない状況で更に側面から銃撃を受けるという死地に武田軍は誘い込まれてしまったのだ。

こうして武田軍は少なくない犠牲を出しながら這う這うの体で敗走し、これを長可・木曾連合部隊は伏兵としていた鉄砲及び弓部隊と合流して追撃することになる。

撤退を続けた武田軍は奈良井川とその支流である田川に挟まれた桔梗ヶ原で陣を立て直す。奈良井川の扇状地であり、原野の広がる台地となっている桔梗ヶ原は大軍同士がぶつかり合うのに申し分のない立地であった。

しかし、悲しいかな武田軍はそれまでに犠牲を払いすぎ、すでに数の優位性を失ってしまっていた。勝ちいくさで勢いに乗った長可・木曾連合軍と、数で劣る上に士気の下がった武田軍がぶつかり合えば、結果は火を見るよりも明らかであった。

終始織田方優勢で状況が推移し、またしても武田軍は散り散りに敗走することとなる。敗走する敵を追撃して刈り取るのが戦国の習いだが、ここにきて長可・木曾連合軍に問題が持ち上がった。

「これ以上の追撃は許可できぬ！　南回りで侵攻しておられる勘九郎様（信忠のこと）と足並みを揃えるためにも、ここ桔梗ヶ原に陣を敷いて上原城を攻める足掛かりとすべきであろう！」

「敵の大部分は北の深志《ふかし》城（後の松本城）を目指して落ち延びた。これを放置しておいたら上原城を攻める際に背後を突かれるって言ってんだよ！」

長可はあくまでも追撃を主張するのに対し、先遣隊の軍目付《いくさめつけ》として同行している織田長益《ながます》は足場固めをすべきだと主張したため意見が分かれた。

　長益は信長の弟に当たり、流石の長可であってもこれを無視することはできない。しかし長可は自分の主張に理があると考えており、長益の意見に従うつもりも毛頭なかった。

　当初の先遣隊を任されていた団平八《だんへいはち》もまた長可に同調したため、完全に意見が分かれ平行線となり、互いに妥協することなくぶつかり合った。

「俺は上様から好きにして良いと仰せつかっている！　それに深志城には馬場昌房《まさふさ》が詰めているって言うじゃないか、ここに武田の残党が合流したら無視できない勢力になっちまうぞ！」

　長可は軍議の場に置かれていた長机へ思いきり拳を叩きつけて叫んだ。長可の剛力に長机の脚が耐えきれずにへし折れ、上に載せられていた戦況を示す略図などが散乱する。

「それとも何か？　絶好の機会を見逃して敵が態勢を立て直すのを指咥えて見守った結果、まんまと背後を突かれて負けましたって、お前は上様の前で言えるのか!?」

　長可は激情に駆られるまま、脚の折れた長机の残骸を掴んで投げ捨てる。決して軽くはない長机が軽々と宙を舞い、陣幕を支える幕串にぶつかると盛大になぎ倒しながら砕け散った。

「これ以上腑抜けには付き合ってられん！　俺は俺で勝手にやらせて貰う。残りたいやつらはこの陣に引きこもっておれば良い！　アレは深志城を攻める俺たちが持っていくからな！」

　そう言い捨てた長可は、まさに怒り心頭といった様子で陣を出て行った。慎重派を纏める長益は、長可の嵐のような暴れっぷりに呆然としていたが、それでも彼を引き留めよとは言わなかった。

軍目付の意見に従わないというのは明らかな軍規違反なのだが、荒ぶる長可を相手にそれを咎められる者はいない。長可に同調する団なども、彼に続いて陣を退出し、寒々しい空気の中それでも軍議は続けられた。

「森様、本当によろしいのですか?」

「丸一日も足止めを食ったんだ、これ以上遅れるわけにはいかん」

長可の後を追いながら側近の一人が訊ねる。長可は何でもないとでも言うように手をひらひらと振って応じた。

長可の対応に嘆息しながらも、側近は慌ただしく出立の準備をしている兵士たちへ視線を向ける。彼が見つめる先には新式銃を装備した銃兵１００名が、各自の装備と荷物の確認を行っていた。

織田家と武田家の運命が交錯し、その後の盛衰を決定づけた『三方ヶ原の戦い』でいくさに関する一大パラダイムシフトが発生している。

今では静子の配下として間者を取り纏めている真田昌幸の兄である、亡き真田信綱が悟ったように、単純に兵士の多寡がいくさの趨勢《すうせい》を決定する時代は終わりを告げた。

鉄砲の伝来以降、その傾向はあったものの新式銃の登場によって決定的となる。即ちどれだけ鉄砲と銃弾の数を用意できるかが、勝敗を左右する大きな要因となったのだ。

一口に同じ鉄砲と言っても、従来の火縄銃と静子軍が制式採用している新式銃とでは、隔絶した性能差が存在することを三方ヶ原の戦いが証明してしまった。

その後も新式銃の拡充が図られた結果、新式銃を装備した銃兵は正規兵３０００名を数え、訓練中や予備役《よびえき》となっている予備兵が５００名、更に銃兵の観測手も務める支援兵が３５００名を定員とする大部隊になっている。

約７０００名という大所帯を統括するのは初期から変わらず静興《しずおき》（玄朗のこと）だが、流石に直轄で管理できる限界を超えているため正規銃兵５００名、支援兵５００名を合わせた１０００名で七つの大隊を構成し、それぞれに大隊長を置いて統括する。

更に大隊の下に定員２５０名の中隊を四つ配置し、その下に定員50名の小隊を五つという編制を取っている。新式銃兵の需要が高いため、基本的に小隊単位での派遣が行われる。

「本当に銃兵二小隊１００名全員を連れていかれるのですか？　彼らは先遣隊全てに対して割り振られたはずでは……」

「アレを扱えるのは支援兵だけだからな、全員連れて行くのが当然だ。それにここに置いていったら、また自分の陣営に取り込もうと引き抜きを始めやがるからな。実働部隊を権威付けのお飾りにするような馬鹿には勿体ないだろう?」

「誰も引き抜きに応じないので、どんどん勧誘の手口が強引になっているとの苦情がありました。仮に引き抜いたところで装備と練度の維持すらできないでしょうに」

「それに熱狂的な静子信者がそれなりの人数いるからな」

「森様もお仲間ですよね」

「何か言ったか?」

「いえ、何も」

長可が睨みを利かせるが、側近は素知らぬ顔でとぼけて見せる。側近の態度に舌打ちを一つした長可だが、意外にもそんな側近を彼は気に入っていた。

「ところで森様、深志城を攻略された後は再びこちらに戻られるのですか?」

「その予定だ」

「承知しました。それでは私も出立の準備をして参ります」

平城《ひらじろ》とは言え、本丸・二の丸・三の丸ともに水堀で隔てられているため守りが堅いことで知られた深志城を、当たり前のように攻略できる前提で話す主を頼もしく思う側近であった。

長可が率いる部隊が桔梗ヶ原を出発し、一路深志城を目指して北上するも敵の影は見受けられなかった。

敵の後を追うには時間が経過してしまっていることもあるが、深志城は実に16もの城が周囲に存在するという要塞地帯を形成しているため、その何処に残党が逃げ込んでいても不思議ではない。

　誰にも邪魔されることなく北上を続けていた長可軍だが、進路沿いの最も南に位置する赤木城が見えるところまで進んだ辺りで足を止めた。

　何があった訳でもなく、唐突に長可が全軍停止を告げたためだ。そして長可の命令で周囲の山を望遠鏡で見まわすと、ちょうど道が細くなっている箇所の崖上に数名の兵士が伏せているのを見つけた。

「良くお気づきになりましたね」

「いや、俺だって見えちゃいなかったさ。ただ、俺ならここに兵を伏せるだろうなって言う好立地だったからな、念のため探らせたまでだ。敵はこちらに気付かれているとは思うまい、小休止のふりをしながらアレを準備しろ」

　そうして長可の指示したように部隊全体が小休止を始めると、対する赤木城の伏兵は少しでも敵の情報を得ようと物陰から身を乗り出してきた。長可軍の兵士は携帯している水筒から水を飲んだり、携行食を口にしたりしながらも周囲を警戒し続ける。

赤木城の兵士たちは身振りで誰かに合図しているようで、見えていない場所にも兵士が伏せているであろうことが判る。しばらく休憩を取ったのち、長可の号令に従って再び行軍を開始するように見えた長可軍だが、行軍にしては妙な形に陣形を組んでいた。

そして武器を持たずに大きな荷物を背負っている兵士が前方に進み出ると、背嚢から革袋に包まれた棒状のものを取り出して何やら作業を開始する。

それは光を反射しないようマットな黒に塗装された鋼鉄製と思わしき筒状の物体に、一本足が生えたような奇妙な外見をしていた。彼らはそれを斜め45度ぐらいに傾けて地面に設置すると、両膝で挟むようにして固定し、筒の先端から拳大の物体を滑り込ませる。

最初に起こったのはズドンという腹に響くような重低音、次いで奇妙な筒状の部品が火を噴いた。謎の攻撃は崖上に伏せていた赤木城の部隊を軽々飛び越え、遥か後方に風切り音とともに死の雨を振りまいた。

長可が用いたのは一般に擲弾筒《てきだんとう》と呼ばれる兵器であった。足満謹製のそれは墜発式《ついはつ》（落とし込み式）と呼ばれる構造をしており、砲口の先端から砲弾を落とし込み、その砲弾底部のファイアリングピンに激突することで発火する。

砲弾底部には発射用の爆薬が込められ、これが起爆することで砲弾底部を膨張させつつ背後に燃焼ガスを叩きつけることで撃ちだされる。爆圧によって膨張した砲弾底部は、砲身に設けられたライフリングに嚙み込むことで回転して直進力を得る。

撃ちだされた砲弾は安定翼と呼ばれる羽根状の部品によって高い確率で先端から着弾し、その衝撃で更に砲弾内の爆薬が起爆すると爆風と共に金属片をまき散らして周辺を攻撃するのだ。

要するに手榴弾を撃ちだすグレネードランチャーを設置式にした迫撃砲に近い武器であった。撃ちだされた砲弾は、森の中ということもあり木々に遮られて直撃したものは少なかった。

しかし、上空から猛烈な勢いで降り注ぐ鉄片を受けた方は堪らない。広範囲にわたって無差別に振りまかれる破片によって、赤木城の多くの兵士が負傷し恐慌に陥ったのか、または砲撃を止めるべく突撃をしようとしたのか。

とにもかくにも隠れていた場所から飛び出すと、一部の者が長可軍に向けて攻撃を加えようとした。しかし、それを待ち構えていた長可軍がみすみす攻撃されるのを待つはずもなく、新式銃の銃撃や弓での射撃によって次々と討ち取られていった。

「ふん、さては岩村城から落ち延びた奴が情報を伝えたな。大砲を前に籠城は無意味と悟って、野戦を挑むべく待ち伏せに出たってところだろう」

「この先には小屋城がありますが、そちらも打って出てきますでしょうか？」

「どうだかな？　今の攻撃を受けて逃げた奴が知らせれば、籠城するかもしれないな。それならそれで攻めようはある」

　果たして長可の言葉通り、次の小屋城では城門を閉ざして籠城された。長期戦になると補給の受けられない長可軍が不利となるため、擲弾筒で今度は徹甲弾を撃ち込んで城門を破砕し、同じ要領で防壁を無効化して瞬く間に制圧した。

　ここまで容易く城を攻略できたのには運の要素も影響している。この一帯は数年前に焼岳《やけだけ》の噴火被害を被っており、未だに復旧しきれていなかった。何にしても動員できる兵力が少ないため、少数部隊の長可軍に良いように蹂躙《じゅうりん》されてしまう。

　次に立ちふさがった井川城に至っては、砲弾が撃ち込まれた途端に兵士が身に着けた笠を振り（当時の投降する際に行う合図）、次々に投降してしまった。その様子を見て城主も降伏し、ほぼ無血開城と相成った。

　実際には擲弾筒の砲弾は静子軍にとってもコストが重く、それほど大量に準備できていないのだが、轟音と共に天から降り注ぎ着弾と同時に広範囲に被害をばら撒く未知の兵器に武田軍は心底震えあがっていた。

　最終的に深志城に辿り着いた時には、残りの砲弾が十数発というところまで消耗していたにもかかわらず、最初の一斉射を受けただけで敵軍が降伏し、それを受けて周辺の城も武装解除に応じることになる。

一方西国では秀吉の播磨平定が佳境を迎えていた。信長より足場固めを命じられていた秀吉は、小寺政職《まさもと》から奪った姫路城の改築に着手した。

これは毛利征伐の前線拠点とする名目だったのだが、ちゃっかり本丸に天守を増築するよう指示を出しており、防衛機能よりも見た目の豪華さを優先しているところから、秀吉が光秀を意識していることが窺えた。

「皆の尽力によって、もう一息で播磨平定が成る。ここが踏ん張りどころぞ！」

秀吉は部下の働きぶりを褒めつつも発破をかける。播磨と但馬が平定されれば、本格的に毛利攻めが始まるため、秀吉は毛利戦での主導権を握ろうと画策していた。

ここを逃せば光秀との差が決定的になると考えた秀吉は、少しでも早く播磨を平定してその後の戦役に対する準備が整っていることを信長にアピールしたいという狙いがあった。

当然秀吉のこの動きは光秀も承知しており、二人は互いに競うようにして任地の平定を急いでいる。

「竹中殿、播磨は昨年不作の地域が多く、民は勿論のこと将兵に至るまで満足に食えておりませぬ。食い扶持を保証してやれば取り込めるかと」

秀吉が播磨征伐で手に入れたものの内、彼自身が自分には過ぎたるものと評した黒田孝高《よしたか》（通称として黒田官兵衛、以降は良く知られている官兵衛とする）が竹中半兵衛に意見を述べる。

信長が播磨侵攻に着手した頃から官兵衛は、信長の将来性に着目していた。官兵衛は元々前述の小寺政職に仕えていたのだが、荒木村重が謀反の兆しを見せたことに呼応しようとしたため、主君を諌めたところ逆に土牢に幽閉される。

最終的に荒木は謀反に至らなかったものの、小寺は秀吉の調略に応じなかったため討ち取られることとなり、幽閉されていた官兵衛はその際に救い出されたことから秀吉に仕えるようになった。

しかし最後まで信長に反抗していた小寺の家臣であったため、人質として息子の松寿丸《しょうじゅまる》を差し出したものの信用されず、人質の待遇も決して良いものではなかった。

この状況を打開したのが竹中半兵衛である。半兵衛は早い段階で官兵衛の能力を見出し、秀吉に彼の待遇を改善するように訴えたのだ。

それを知った官兵衛は半兵衛の取りなしに甚《いた》く感謝し、彼への感謝を子々孫々に至るまで忘れぬよう石餅《こくもち》という竹中家の家紋を使うようにしている。

「ふむ。食い扶持を与えたとて喉元過ぎれば……となるのでは？」

「そこは飢えぬ最低限に加減し、これに感謝するか不満を募らせるかで篩《ふるい》にかけるのです。不満を抱く輩を監視し、謀反の兆しあらばこれを討てば良いでしょう。少なくとも扶持を保証したという大義はございます」

「なるほど。噂に違《たが》わぬ辣腕《らつわん》を振るわれる」

半兵衛は官兵衛の策に感心する。官兵衛は半兵衛の取りなしを受ける前から、信用されないことに腐らず積極的に播磨平定の献策を続けた。

秀吉の播磨征伐が滞りなく進むようになったのは半兵衛と官兵衛が互いに影響し合うようになったお陰であろう。何より官兵衛は播磨に通じており、彼の立てる策はそれと判っていても回避できずに見事にはまった。

官兵衛も半兵衛という自身に伍する知恵者の意見を受け、一層研ぎ澄まされた献策をできるようになっている。勿論、彼らの策を受け入れる秀吉の度量と、その策を実行できる実働部隊の働きあってのことではある。

「おお、このような場所におられましたか」

官兵衛と半兵衛が互いに策に関して意見を交わし合っていると、ふらりと秀長がやってくる。彼はいつも通りの飄々《ひょうひょう》とした態度で薄く笑みを浮かべていた。

秀長の姿を目にした官兵衛の表情が引き締まる。官兵衛は秀吉に仕え始めた当初から彼のことを胡散臭《うさんくさ》く思っていた。彼と接するようになり、人となりが解るようになると、まごうことなき要注意人物だと確信するに至る。

「準備が整いました。近く神戸港に移動し、その後船で尾張へと向かいます。軍議も良いのですが、此度の尾張行きは重大事です。そちらにも意識を割いて頂きたい」

「……有馬の再建でしたな。しかし、秀長殿の仰る静子殿とやらが本当に資金を投じて下さるのですか？」

「ええ、間違いなく出資されます。それだけに留まらず、彼女が投資する事業には必ずや他の者も競い合うように金を出すでしょう」

噂はいくつも耳にしておれど、詳しく静子を知らない官兵衛からすれば信じがたい話であった。

「静子様が投資される事業は例外なく大きく成長しております。利に聡い商人がこれを見逃すとはありますまい。新たに開発されている神戸港の様子はご存じでしょう？　あの様に飛躍的な成長を遂げるのです」

静子を良く知る半兵衛が実例を挙げて論拠を補足する。官兵衛も信を置く半兵衛の言葉に考えを改める。

「確かに寂れた寒村だった神戸が、今や多くの商人で賑わい、付近一帯が活気づいております」

神戸は官兵衛の言うように、元々これと言った特徴のない寂れた寒村でしかなかった。そこに静子の開発を受けて簡易的な軍港が整備されるや否や、怒濤《どとう》の勢いで商人たちが雪崩れ込んできた。

現地の様子を良く知る官兵衛からすれば、整備されたばかりの未だ小さい神戸港周囲の寂れた土地を我先に買い求め、土地が足りなくなれば原野を切り開いてまで整備をする様に困惑するばかりだ。

いち早く己の店を整えた商人は、他所から持ち込まれる荷を買い付けたり、船員相手の商売をしたりと活発に商業活動を始めている。この成長の連鎖はますます加速し、今や港町と言っても遜色のない様相を呈していた。

更には自前で船を用意し、廻船問屋の走りといった商売を始める者も出始めている。堺のような大規模港の場合、既得権益でがっちりと囲いこまれていて新規参入が難しいのだが、ここ神戸港ならば西から届いた荷を尾張まで運ぶだけで一攫千金が狙えるのだ。

神戸港を起点として熾烈な争いを繰り広げているのは何も海に関するものばかりではない。その身一つで西へ東へと荷を運ぶ棒手振《ぼてふり》が数多く流れてきていた。

天秤棒一つを肩に担ぎ、前後に荷の入った桶をぶら下げて行商する彼らは、近距離の運搬と販売を担う自分たちの活躍の場が多くあると理解していたのだ。

そして彼らの読み通り、神戸港の拡張工事は順調に進められ、それに伴って港湾関係者や商人たち、更にはその商品を買い求める一般の者たちまでもが彼らの顧客となった。

あまりに急な繁栄ぶりに海産物はともかく、青物などの供給が追い付かなくなり、港町の更に外側に衛星都市のように農地が広がるようにまでなった。

利水に優れた河川沿いの耕地は人気が高く、大商人と呼ばれる者たちまでもが私財を投じて開墾を始める始末。一等地はすでに静子が押さえているため、外へ外へと開発が広がっていく。

「港を中心とした大きな需要を満たすため、周囲にどんどん人が集まって既に港町と呼べる規模に成長しております」

「静子殿は計画段階の時点で米と酒米、大豆、蕎麦及び野菜を平地で栽培し、傾斜地では果実の栽培も行うと伝えてきておられました」

「随分と手広く扱われるのですな」

「いえいえ、これは農業だけに過ぎず事業全体のほんの一端に過ぎません。農業の他にも林業、水産業に土木工事から流通に至るまで本当に多くの事業を手掛けられるだけの人材を抱えておられるのです」

「なんと……」

正直なところ、大恩ある半兵衛の言でなければ官兵衛は「そんな万能の存在などあり得ない」と一笑に付していたことだろう。秀長も半兵衛の言葉に対して何の反応も示さない処を見るに、本当のことなのだろうと理解できた。

（この機会に是非見定めてみたいものだ）

百聞は一見に如《し》かずとも言う、これ以上情報を得たところで人物像はあやふやになる一方だ。

官兵衛は静子に会うのが楽しみになっていた。

書き下ろし番外編　胡散臭い大人たち

これは静子が足満に佐渡討伐を依頼する前のお話。

佐渡島は現在の新潟県西部の沖合に浮かぶ離島であり、佐渡金銀山で知られる日本有数の大規模な金銀鉱山を誇っていた。

史実に於いては江戸初期から採掘を開始し、１９８９年に閉山するまで実に４００年近くも金銀を産出し続けた相川鉱山は有名であり、単純に佐渡金銀山と言えば相川鉱山を指すほどである。

しかし戦国時代に於いて相川鉱山の存在を知る者はいない。何故ならば鉱山自体が未発見であり、手つかずの状態で眠っているからだ。

「漸《ようや》くわしの力が佐渡に及ぶ。無垢の金銀山はわしが有効活用してやろう」

静子がかつて献上した地図帳により相川鉱山の存在を知っている信長は、あらゆる手段を講じて佐渡島の支配権を手に入れた。

莫大な金を投じ、これまで培ってきた朝廷での権力をも使って歴史を書き換えた。曰く、佐渡島は元々織田家の祖先が支配しており、鎌倉時代から島を支配している本間一族は織田家の祖先から統治を委託されているに過ぎないという。

当然ながら根も葉もない虚構の由来だが、朝廷の正史は既に前述の内容で書き換えられており、それを根拠に佐渡島の支配権を返せと言われれば公然と拒むことはできない。

「服従か死か、好きな方を選べ」

傲慢にして無慈悲な簒奪者《さんだつ》である信長は、静子に調略をするよう命じながらも裏から手を回して本間氏が反発するよう脅迫を突き付けていた。

この佐渡国《さどのくに》始まって以来の国難に本間一族全体に激震が走る。真っ先に本間一族は交誼《こうぎ》のあった上杉謙信に文を送り、信長への取りなしを求めた。

しかし謙信はすでに織田家に臣従しており、色よい返事を得ることはできない。本間一族は八方塞がりの中、それでも状況を打開しようと足掻き続けていた。

一方の信長は、佐渡国攻略の本命である足満を安土に呼び出した。

「佐渡が欲しいのは判った。しかし、何故わしを静子から引き離そうとする？」

不機嫌さを隠そうともしない足満は、信長を前にしても一切臆することなく問いかける。

「他意はない。此度の件は無理筋よ。理不尽で道理に悖《もと》る所業だが、其方ならば気にも掛けまい」

信長が言うように、今回に関しては少なくとも我が方に大義はない。

静子には本間一族に対して転封（知行地を別の場所に移すこと）を打診させているが、信長は最初から本間一族を歴史から抹殺するつもりであった。

群雄割拠する日ノ本を統一するためには、佐渡金銀山は喉から手が出るほどに欲しい。いくら正史を書き換えた処で、実効支配していた生き証人が残っていれば信長の覇道に於ける汚点となってしまう。

故に残虐にかつ無慈悲に族滅（一族郎党を皆殺し）する必要があった。そしてそんな裏事情を知りつつも、女子供でさえ眉一つ動かすことなく始末できるのが足満という男であった。

「静子の邪魔をせぬのであれば、何も好き好んで殺しはせぬ。そこまでの興味すらない」

「わしが力を付ければ、それだけ静子の身は安泰となろう」

「詭弁《きべん》だが敵は少ない方が良いか……」

足満の行動原理は単純であるため、迷うことが少ない。それが静子にとって利となるのならば、どれほどの汚れ仕事であろうと喜んで手を染めるし、ならないのであれば目の前で赤子が切り捨てられようとしていても指一本動かすことはない。

足満にとって今の生は余生であり、地位も名誉も金も女も必要としていない。静子が人生を不自由なく謳歌し、それを近くで見守れることだけが重要なのである。

故に足満は静子を厚遇し続ける限り、絶対に裏切ることはないし、どんな誘惑にも屈せず、己が命すら惜しまないため恫喝も通用しない。理想的な始末人と言えた。

「本間は決して静子の調略に応じぬであろう。それどころか矢面に立っている静子に敵意を抱くやも知れぬ」

「煽っておいて白々しい。だが静子を害される可能性を残すわけにもゆかぬ」

「一人たりとも生かしてはおけぬのだ。鏖殺《おうさつ》（皆殺しのこと）せよ」

「承知した。やり方はわしに任せて貰えるのであろうな？」

「好きにやるが良い。結果として根切りが為れば構わぬ。この信長に逆らうことがどれ程恐ろしいかを世に示すのだ」

「一罰百戒か、心得た」

本人たちの与《あずか》り知らぬところで命運が定められ、着実に破滅へと向かう本間一族には同情を禁じ得ないが、何を言い繕ったところで弱肉強食が決して変わらぬ生物の掟なのだ。

「わしの所業であっても、命じた貴様の責は免れまい。貴様の悪行が一つ増えることになろう」

「既に仏敵だの、第六天魔王等と好き放題呼ばれておる。今更一つ汚名が増えたとて、何ほどのことがあろうか」

「静子に累が及ばぬのであれば良い」

「然り。修羅道に堕ちるのは我らだけで良い」

静子が計画している佐渡国の調略は、史実に於いて上杉景勝が行ったものを踏襲している。景勝は一部の本間氏を転封させたが、静子は本間一族全てを別天地へと移そうと画策していた。

そのため本間一族が国替えによって不利益とならないよう最大限の配慮をしており、石高なども離島である佐渡島とは比べ物にならないほどの好条件を提示している。

それでも彼らが首を縦に振らないのは、それだけ土地に対する執着があるのだと考えていた。信長が必要だと断じた以上は、彼らを排してでも佐渡を手に入れねばならないため、彼女は足満に相談を持ち掛けようとしていた。

「まあ、わしとて鬼ではない。大人しく静子の転封に応じるならば良し、応じぬのであれば致し方あるまい」

「ふっ。この状況でその選択ができるようなら、佐渡で燻ってはおるまいよ」

信長の黒い諧謔《かいぎゃく》に対して、皮肉で返す足満の姿は余人が見れば恐ろしく胡散臭く見えたことだろう。

あとがき

アース・スターノベル読者の皆様、夾竹桃と申します。

ここでご挨拶をするのも十三回を数えますね。巻数が2桁になった際に気が付いたのですが、拙作を一気に全巻購入すると一万円を超えるという事実に驚いております。

ちょっと躊躇するような金額をポンと使って頂いたお大尽様、はじめまして。全巻から引き続きご愛顧賜っております皆さま、お久しぶりでございます。

作者特権で献本される拙作と、コミカライズ版が本棚を埋めていく様を眺められるのも、皆さまのお引き立てあってのことと感謝しております。

近頃は巷を騒がせておりますコロナ禍の影響もあり、予定していた取材やイベントへの参加もできておりません。第二波が取りざたされるまでは多少移動もできたのですが、この状況下で迂闊なことはできません。

宿泊先も予約していたのですが、こちらはホテル側からキャンセルしたいとのお申し出を受けました。あの時は本当にどの業界も先行きの見えない不安に怯えていたのだと思います。

時間の経過とともに新型コロナに対する傾向と対策も打ち出され、感染を避けるための指針も出ております。それほど健康に自信がない私としましては、最大限罹患しないよう心掛けて行動しているつもりです。

他者との接触を避けるのが最大の感染対策となるため、最善策は引き籠ることなのですが、経済的ダメージを考えるとそうも言ってはいられません。両方を何とかしないといけないのが難しいところですね。

ＳＡＲＳやＭＥＲＳにも未だ特効薬がない現状、コロナの抗ウイルス薬やワクチンに関してもそうそう期待できない状況でしょう。

そしてそんな人間の都合をウイルスが待ってくれるわけもなく、先進国以外が「集団免疫の獲得」を模索するのも無理からぬことかもしれません。個人的には勘弁願いたいところではあります。

また最近の天候にも少し閉口しております。恐ろしく長い梅雨が続いたかと思えば、連日30度を超える猛暑の日々。私が幼い頃は夜になっても外気温が30度を下回らないなんてことはなかったですし、時の流れを感じます。

日本の夏がことさら厳しく感じるのは湿度が関係しているそうです。日本以外では意外にもアラブ首長国連邦が湿度、温度ともに高く厳しい状況と耳にしました。

なんと場所によっては湿度90%を超えることもあり、数年前には湿度100%を記録したそうです。その折には飽和した水分が霧となって漂っていたようで、湿度100%で気温50度とは最早サウナに近いのでは?と思った次第です。

夏の暑さもさることながら、毎年のように豪雨を伴った水害が発生しているように思います。日本だけではなく、世界各地でコロナと異常気象の対応に苦慮しておられます。

地球を救うだとか自然を大切にとかいう壮大なフレーズを良く耳にしますが、当の自然は人間のことなんて屁とも思っていないのは皮肉ですね。

地球史から見れば人類の登場から繁栄の期間など瞬きする間にも満たないでしょうし、我々は自然に挑み続けるぐらいがちょうど良いのかもしれません。

この後書きを書いている現在も、世界最大のダムが決壊するかもしれないとまことしやかに噂されています。ダムが崩壊すれば途方もない範囲が洪水によって被災しますが、洪水は水が引いた後も恐ろしいのです。

冠水することによって下水等の汚物が表層に浮かんできますし、普段地中に潜んでいる菌なども表面に出てきます。これらの影響で疫病が流行したり、溜まった汚水から蠅や蚊が大量発生し、更なる疫病を媒介したりします。

これだけでも恐ろしいというのに、今年は更なる脅威が待ち構えています。


聖書の黙示録に記されている災害が次々に襲ってきているように思えますが、次に人類に牙を剝くのはバッタです。

一時期サバクトビバッタの大発生が世界を賑わせましたが、長雨の影響から別種のバッタも大発生して穀倉地帯を襲っているとのニュースを目にしました。

なんだバッタかと思われるかもしれませんが、その数が問題です。前述のサバクトビバッタはなんと億を超えて兆の単位に届くそうで、写真などをご覧になった方もおられると思いますが、まさに空を覆いつくさんばかりです。

現在世界に食料を供給している南米や、中国南部でも別種のバッタが凄まじい大発生を見せています。これらを放置すれば飢餓によって多くの人命が失われる未来が訪れることでしょう。

とは言え対処も簡単ではありません。これらのバッタが全滅するほどの毒物を撒けば、当然のように人類にも有害です。更には毒物を含んだバッタの死骸が土壌を汚染することで、長期間に亘って農業が出来なくなる可能性もあります。

あのバッタが食べられれば食料問題も解決するのでしょうが、蝗害を齎すバッタは空飛ぶカニの殻みたいなもので、可食部が少ない上に堅くて不味いということで救いがありません。

それでもアフリカでは例のバッタを食料に替える努力がされているそうで、人類の逞《たくま》しさというのもなかなか侮れません。バッタクッキーはちょっと食べたくないですけどね。


なんだかとりとめのない話をしましたが、そろそろ紙幅も尽きて参りました。

ここまで愚痴擬きの後書きにお付き合い頂き、ありがとうございます。

本書の出版にご尽力頂きました担当編集T様、イラストレーターの平沢下戸様、校正や印刷所など本書の出版にかかわってくださった方々、そして本書をお手に取ってくださった貴方に感謝を。

2020年8月　夾竹桃　拝

平沢です。料理に凝ってる、と書きましたが
実はウソで、自炊回数が増えるとついつい
麺類に逃げます。
和食は最低3品なので考えるのがメンドウ
麺類は一品で済むからラクです。
にしても麺類は地球上の
発明の中で最高のものだと
そうは思いませんか？

私は思います

平沢

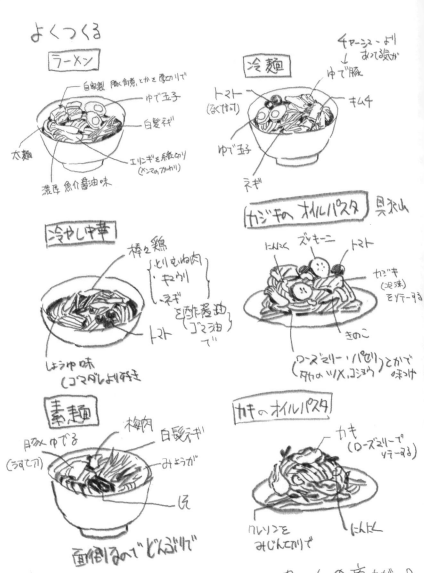

よくつくる

ラーメン

冷麺

冷やし中華

カジキのオイルパスタ 具沢山

素麺

面倒なのでどんぶりで

カキのオイルパスタ

※料理をモノクロのラフで書いて何の意味が…？

EARTH STAR
NOVEL

戦国小町苦労譚　十三、　第二次東国征伐

発行 ―――――― 2020年9月15日　初版第1刷発行

著者 ―――――― 夾竹桃

イラストレーター ―――― 平沢下戸

装丁デザイン ―――― 鈴木大輔（SOUL DESIGN）

発行者 ―――――― 幕内和博

編集 ―――――― 筒井さやか

発行所 ―――――― 株式会社 アース・スター エンターテイメント
〒141-0021　東京都品川区上大崎3-1-1
目黒セントラルスクエア　8F
TEL：03-5795-2871
FAX：03-5795-2872
https://www.es-novel.jp/

印刷・製本 ―――― 図書印刷株式会社

ISBN 978-4-8030-1451-8